肖复兴

大家经典

生命的平衡

肖复兴 著

山东文艺出版社

图书在版编目（CIP）数据

生命的平衡:肖复兴经典散文/肖复兴著.—济南:山东文艺出版社,2020.8
ISBN 978-7-5329-6139-9

Ⅰ.①生… Ⅱ.①肖… Ⅲ.①散文集—中国—当代 Ⅳ.①I267

中国版本图书馆 CIP 数据核字(2020)第 070405 号

生命的平衡

肖复兴经典散文

肖复兴 著

主管单位	山东出版传媒股份有限公司
出版发行	山东文艺出版社
社　　址	山东省济南市英雄山路 189 号
邮　　编	250002
网　　址	www.sdwypress.com

读者服务	0531-82098776（总编室）
	0531-82098775（市场营销部）
电子邮箱	sdwy@sdpress.com.cn

印　　刷	山东临沂新华印刷物流集团有限责任公司
开　　本	880 毫米×1230 毫米　1/32
印　　张	8
字　　数	184 千
版　　次	2020 年 8 月第 1 版
印　　次	2020 年 8 月第 1 次印刷
书　　号	ISBN 978-7-5329-6139-9
定　　价	45.00 元

版权专有，侵权必究。如有图书质量问题，请与出版社联系调换。

目 录

辑一　拥你入睡

003　荔枝
006　母亲和莫扎特
009　苦瓜
011　拥你入睡
014　花边饺
017　年轻时去远方漂泊
021　年灯
024　剪纸
027　新年之叶

辑二　远航归来

035　那片绿绿的爬山虎
039　生命的平衡
043　美丽的脆弱
046　到天堂的距离
050　人生除以七
054　遥远的土豆花
059　草有时比花漂亮
064　地平线,遥远的地平线
068　远航归来
074　窗上的哈气
077　发小儿就是那把老红木椅子

辑三　水果之香

085　林荫路
089　忽然想起了棉花
092　青木瓜之味
096　太阳味道的西红柿
099　亲笔信
102　自行车咏叹调
108　明信片
114　水果之香

辑四　京城花事

- 119　阳光的三种用法
- 122　白雪红炉烀白薯
- 127　消失的年声
- 130　京城花事
- 135　无花果
- 140　北京的树
- 146　瓦浪如海
- 152　老屋小记

辑五　山水传奇

- 161　波兰沉思
- 165　水的传奇
- 169　等那一束光
- 172　苍蝇馆子和洗脚泡菜
- 176　竹枝词里的大明湖
- 180　大理看花
- 183　沙漠之花
- 188　图书馆的名字
- 191　西湖邂逅

辑六　繁华落尽

- 199　寻找贝多芬
- 204　忧郁的孙犁先生
- 210　美丽的手语
- 213　谁打翻了莫奈的调色盘
- 218　大自然的情感
- 222　读书是一种修合
- 225　冬夜重读史铁生
- 230　繁华落尽后
- 233　辛辛那提邂逅
- 238　水袖
- 241　读书的兴奋点
- 247　黄昏跟着父亲一起进来
- 250　燃烧的蜡烛

辑一

拥你入睡

荔　枝

我第一次吃荔枝，是28岁的时候。那时，我刚从北大荒回到北京，家中只有孤零零的老母。站在荔枝摊前，脚挪不动步。那时，北京很少见到这种南国水果，时令一过，不消几日，再想买就买不到了。想想活到28岁，居然没有尝过荔枝的滋味，再想想母亲快70岁的人了，也从来没有吃过荔枝呢！虽然一斤要好几元，挺贵的，咬咬牙，还是掏出钱买上一斤。那时，我刚在郊区谋上中学老师的职，衣袋里正有当月四十二块半的工资，硬邦邦的，让我鼓起几分胆气。我想让母亲尝尝鲜，她一定会高兴的。

回到家，还没容我从书包里掏出荔枝，母亲先端出一盘沙果。这是一种比海棠果大不了多少的小果子，居然每个都长着疤，有的还烂了皮，只是让母亲一一剜去了疤，洗得干干净净。每个沙果都显得晶光透亮，沾着晶莹的水珠，果皮上红的纹络显得格外清晰。不知老人家洗了几遍才洗成这般模样。我知道这一定是母亲买的处理水果，每斤顶多5分或者1角。居家过日子，老人就这样一辈子过来了。不知怎么搞的，我一时竟不敢掏出荔枝，生怕母亲骂我大手大脚，毕竟这是那一年里我买的最昂贵的东西了。

我拿了一个沙果塞进嘴里，连声说真好吃，又明知故问多少钱一斤，然后不住口说真便宜——其实，母亲知道那是我在安慰她而已，但这样的把戏每次依然让她高兴。趁着她高兴的劲儿，我掏出荔枝："妈！今儿我给您也买了好东西。"母亲一见荔枝，脸立刻沉了下来："你财主了怎么着？这么贵的东西，你……"我打断母亲的话："这么贵的东西，不兴咱们尝尝鲜！"母亲扑哧一声笑了，筋脉突兀的手不停地抚摸着荔枝，然后用小拇指甲盖划破荔枝皮，小心翼翼地剥开皮又不让皮掉下。她手心托着荔枝，像是托着一只刚刚啄破蛋壳的小鸡，那样爱怜地望着舍不得吞下，嘴里不住地对我说："你说它是怎么长的？怎么红皮里就长着这么白的肉？"毕竟是第一次吃，毕竟是好吃！母亲竟像孩子一样高兴。

那一晚，正巧有位老师带着几个学生突然到我家做客，望着桌上这两盘水果有些奇怪。也是，一盘沙果伤痕累累，一盘荔枝玲珑剔透，对比过于鲜明。说实话，自尊心与虚荣心齐头并进，我觉得自己仿佛是那盘丑小鸭般的沙果，真恨不得变戏法一样把它一下子变走。母亲端上茶来，笑吟吟顺手把沙果端走，那般不经意，然后回过头对客人说："快尝尝荔枝吧！"说得那般自然、妥帖。

母亲很喜欢吃荔枝，但是她舍不得吃，每次都把大个的荔枝给我吃。以后每年的夏天，不管荔枝多贵，我总要买上一两斤，让母亲尝尝鲜。吃荔枝成了我家一年一度的保留节目，一直延续到三年前母亲去世。

母亲去世前是夏天，正赶上荔枝刚上市。我买了好多新鲜的荔枝，皮薄核小，鲜红的皮一剥掉，白中泛青的肉蒙着一层细细的水珠，仿佛跑了多远的路，累得张着一张张汗津津的小脸。是啊，它们整整跑了一年的长路，才又和我们阔别重逢。我感到慰藉的是，母亲临终前一天还吃到了水灵灵的荔枝，我一直认为是天命，是对母亲善良忠厚一生的报偿。如果荔枝晚几天上市，我迟几天才买，那该是何等的遗憾，会让我产生多少无法弥补的痛楚。

其实，我错了。自从家里添了小孙子，母亲便把原来给儿子的爱分给孙子一部分。我忽略了身旁小馋猫的存在，他再不用熬到28岁才能尝到荔枝，他还不懂得什么叫珍贵，什么叫舍不得，只知道想吃便张开嘴巴。母亲去世很久，我才知道母亲临终前一直舍不得吃一颗荔枝，都给她心爱的太馋嘴的小孙子吃了。

而今，荔枝依旧年年红。

1991 年 1 月于北京

母亲和莫扎特

母亲目不识丁,根本没有想过这个世界上曾有过一位莫扎特。是冥冥中的命运,把他们连在一起。

那一年的夏天最难熬,我常去两个地方打发时光:一是月坛邮票市场,一是灯市口唱片公司。抱着邮票回家,邮票不会说话,任你摆弄,母亲只是悄悄坐在床头看我,看困了,便倒下睡着了,微微打着鼾。唱片不是邮票,买回来是要听的,而且,我常觉得音量太小难听出效果,便把音量放大,震得满屋摇摇晃晃;又常在夜深人静时听,觉得那时才有韵味,才能把心融化。

母亲常无法休息。我几次对老人说:"吵您睡觉吧?"她总是摆摆手:"不碍的,听你的!"我问她:"好听吗?"她点着头:"好听!"其实,我知道,一切都是为了我。她总是默默地坐在床头,陪我听到很晚。母亲并不关心那个大黑匣中的贝多芬,马勒或曼托瓦尼,母亲只关心一个人,那便是我。

八月的一个黄昏,我又来到了灯市口,偶然间看到一盘莫扎特《安魂曲》。我拿了起来,犹豫了一下,买还是不买?这是莫扎特最后一部未完成曲，拥有它是值得的，但是，我实在不大喜欢莫扎特。我一直觉得他缺少柴可夫斯基的忧郁，勃拉姆斯的挚情，更缺少贝多芬的深刻。我知道这是我的偏执，但在音乐面前，喜欢与不喜欢，来不得半点虚假。

这一天黄昏，我空手而归，母亲还好好的，正坐在厨房里的小板凳上帮我择新买的小白菜和嫩葱。我问她："今晚您想吃点什么？"她像以往一样说："你想吃什么就做什么吧！"几十年，她就是这样辛苦操劳，却从不为自己向别人提一点点要求。我炒菜，她像以往一样站在我旁边帮我打下手。晚饭后我听音乐，她像以往一样坐在床头默默陪我一起听，一直听到很晚、很晚……谁会想到，第二天老人家竟会溘然长逝呢？母亲依然如平日一样默默坐在床头，突然头一歪倒在床上，无疾而终，突然得让我的心一时无法承受。

丧事过后，我想起那盘《安魂曲》。莫非莫扎特在启迪我，母亲即将告别这个世界，灵魂需要安慰？而我却疏忽了，只咀嚼个人的滋味？我很后悔没有买。如果买下那盘《安魂曲》，让母亲临别最后一夜听听也好啊！我甚至想，如果买下也许能保佑母亲不会那样突然而去呢！

我真感到对不住莫扎特，我真感到对不住母亲。

不要执意追求什么深刻。平凡、美好，本身不就是一种深刻吗？母亲太过于平凡，但给予孩子最后一刻的爱，难道不也是一种深刻吗？我看到梅纽因写过的一段话，说莫扎特的音乐"像一座火山斜坡上的葡萄园，外面幽美宁静，里面却是火热的"！我没有理解莫扎特,也没有理解母亲。

我鬼使神差又跑到灯市口,可惜,那张唱片没有了。

日子飞逝,母亲竟离我 17 年了。如今,盗版唱片臭了街。

1991 年 12 月 5 日夜于莫扎特逝世 200 周年纪念日

苦　瓜

　　原来我家有个小院，院里可以种些花草和蔬菜。这些活儿，都是母亲特别喜欢做的。把那些花草蔬菜侍弄得姹紫嫣红，像是把自己的儿女收拾得眉清目秀，引人注目，母亲的心里很舒坦。

　　那时，母亲每年都特别喜欢种苦瓜。其实这么说并不准确，是我特别喜欢苦瓜。刚开始，是我从别人家里要回苦瓜籽，给母亲种，并对她说："这玩意儿特别好玩，皮是绿的，里面的瓤和籽是红的！"我之所以喜欢苦瓜，最初是因为它里面的瓤和籽格外吸引我。苦瓜结在架上，母亲一直不摘，就让它们那么老着，一直挂到秋风起时。越老，它们里面的瓤和籽越红，红得像玛瑙、像热血、像燃烧了一天的落日。当我兴奋地掰开这两片像船一样而盛满了鲜红欲滴的瓤和籽的瓜时，母亲总要眯缝起昏花的老眼看着，露出和我一样喜出望外的神情，仿佛那是她的杰作；是她才能给予我的欧·亨利式的意外结尾，让我看到苦瓜这一朝阳般的血红和辉煌。

　　以后，我发现苦瓜做菜其实很好吃。无论做汤，还是炒肉，都有一种清苦味。那苦味，格外别致，既不会传染给肉或别的菜,又有一种苦中蕴含的清香,和苦味淡去的清新。

像喜欢院子里母亲种的苦瓜一样,我喜欢上了苦瓜这一道菜。每年夏天,母亲经常会从小院里摘下沾着露水珠的鲜嫩的苦瓜,给我炒一盘苦瓜青椒肉丝。它成了我家夏日饭桌上一道经久不衰的家常菜。

自从这之后,再见不到苦瓜瓤和籽鲜红欲滴的时候,是因为再等不到那个时候了。

这样的菜,一直吃到我离开了小院,搬进了楼房。住进楼房,依然爱吃这样的菜,只是再吃不到母亲亲手种、亲手摘的苦瓜了,只能吃母亲亲手炒的苦瓜了。

一直吃到母亲六年前去世。

如今,依然爱吃这样的菜,只是母亲再也不能为我亲手到厨房去将青嫩的苦瓜切成丝,再掂起炒锅亲手将它炒熟,端上自家的餐桌了。

因为常吃苦瓜,便常想起母亲。其实,母亲并不爱吃苦瓜。除了头几次,在我一再怂恿下,勉强动了几筷子,皱起眉头,便不再问津。母亲实在忍受不了那股异样的苦味。她说过,苦瓜还是留着看红瓤红籽好。可是,每年夏天当苦瓜爬满架时,她依然为我清炒一盘我特别喜欢吃的苦瓜肉丝。

最近,看了一则介绍苦瓜的短文,上面有这样一段文字:"苦瓜味苦,但它从不把苦味传给其他食物。用苦瓜炒肉、焖肉、炖肉,其肉丝毫不沾苦味,故而人们美其名曰,'君子菜'。"

不知怎么,看完这段话,我又想起母亲。

1992 年春写于北京

拥你入睡

儿子上初一以后，忽然一下子长大了。换内裤，要躲在被子里换；洗澡，再也不用妈妈帮助洗，连我帮他搓搓后背都不用了。

我知道，儿子长大了，像日子一样无可奈何地长大了。原来拥有的天然的肌肤之亲和无所顾忌的亲昵，都被儿子这长大拉开了距离，变得有些羞涩了。任何事物都有一些失去，才有一些得到吧？

有一天下午，儿子复习功课累了，躺在我的床上看电视。他实在是太累，刚看了一会儿眼皮就打架了。他忽然翻了一个身，倚在我的怀里，让我搂着他睡上一觉，迷迷糊糊中嘱咐我一句："一小时后叫我，我还得复习呢！"

我有些受宠若惊。许久，许久，儿子没有这种亲昵的动作了。以前，就是一早睡醒了，他还要光着小屁股钻进你的被窝里，和你腻乎腻乎。现在，让你搂着他像搂着只小猫一样入睡，简直是天方夜谭了。

莫非懵懵懂懂中，睡意蒙眬中，儿子一下失去了现实，跌进了逝去的童年，记忆深处掀起了清新动人的一角？让他情不自禁地拾蘑菇一样拾起他现在并不想拒绝的往日温馨？

儿子确实像小猫一样睡在我的怀里。均匀的呼吸，使胸脯和鼻翼轻轻起伏着，像春天小河里升起又降落的暖洋洋的气泡。

我想起他小时候，妈妈上班，家又拥挤，他在一边玩，我在一边写东西，玩着玩腻了，他要喊："爸爸，你什么时候写完呀？陪我玩玩不行吗？"我说："快啦！快啦！"却永远快不了，心和笔被拽走得远远的。他等不及了，就跑过来跳进我的怀里，用带有几分央求的口吻说："爸爸！我不捣乱，我就坐这儿，看你写行吗？"我怎么能说不行？已经把儿子孤零零地抛到一边寂寞了那么长时间！我搂着他，腾出一只手接着写。

那时候，好多东西都是这样搂着儿子写出来的。他给我安详，给我亲情，给我灵感。他一点也不闹，一句话也不讲，就那么安安静静倚在我的怀里，像落在我身上的一只小鸟，看我写，仿佛看懂了我写的那些或哭或笑或哭笑交加的故事。其实，那时他认识不了几个字。有好几次，他倚在我的怀里睡着了，睡得那么香那么甜，我都没有发现……

以后我常常想起那段艰辛却温馨的写作日子，想起儿子倚在我怀中小鸟一样静谧睡着的情景。我觉得我写的那些东西里有儿子的影子、呼吸，甚至睡着之后做的那些个灿若星花的梦境……

儿子长大了。纵使我又写了很多比那时要好的故事，却再也寻不回那时的感觉、那一份梦境。因为儿子再不会像鸟儿一样蹦上你的枝头，那么纯真天籁般倚在你的怀里睡着了。

如今，儿子居然缩小了一圈，岁月居然回溯几年。他倚在我的怀里睡得那么香甜、恬静。我的胳膊被他枕麻了，我不敢动，我怕弄醒他，我知道这样的机会不会很多，甚至不会再有，我要珍惜。我格外小心翼翼地拥着他，像拥着一支又轻又软又薄又透明的羽毛，生怕稍稍一失手，羽毛就会袅袅飞去……

并不是我太娇贵儿子，实在是他不会轻易地让你拥他入睡。他已经长大，嘴唇上方已经展起一层细细的绒毛，喉结也已经像要啄破壳的小鸟一样在蠕动。用不了多久，他会长得比我还要高，这张床将伸不开他的四肢……

蓦地，我忽然想起儿子小时候曾经抄过的诗人傅天琳的一首诗，其中有这样几句：

> 你在梦中呼唤我呼唤我
> 孩子你是要我和你一起到公园去
> 我守候你从滑梯一次次摔下
> 一次次摔下你一次次长高
>
> 如果有一天你梦中不再呼唤妈妈
> 而呼唤一个陌生的年轻的名字
> 那是妈妈的期待妈妈的期待
> 妈妈的期待是惊喜和忧伤

我禁不住望望儿子，他睡得那么沉稳，没有梦话，我不知他此刻在睡梦中是不是在呼唤着我，我却知道会有这么一天，拥他入睡的再不是我，而在他的睡梦中更会"呼唤一个陌生的年轻的名字"。亲爱的儿子，那将如诗人所写的，是爸爸的期待，爸爸的期待是惊喜又是忧伤。哦，我亲爱的儿子，你懂吗？此刻的睡梦中，你梦见爸爸这一份温馨而矛盾的心思了吗？……

一个小时过去了，我没有舍得叫醒儿子。

1992 年暑假于北京

花边饺

　　小时候，包饺子是我家的一桩大事。那时候，家里生活拮据，吃饺子当然只能等到年节。平常的日子，破天荒包上一顿饺子，自然就成了全家的节日。这时候，妈妈威风凛凛，最为得意，一手和面，一手调馅，馅调得又香又绵，面和得软硬适度，最后盆手两净，不沾一星面粉。然后妈妈指挥爸爸、弟弟和我，看火的看火、擀皮的擀皮、送皮的送皮，颇似沙场点兵。

　　一般，妈妈总要包两种馅的饺子，一种肉一种素。这时候，圆圆的盖帘上分两头码上不同馅的饺子，像是两军对弈，隔着楚河汉界。我和弟弟常捣乱，把饺子弄混，但妈妈不生气，用手指捅捅我和弟弟的脑瓜说："来，妈教你们包花边饺！"我和弟弟好奇地看妈妈将包了的饺子沿儿用手轻轻一捏，捏出一圈穗状的花边，煞是好看，像小姑娘头上戴了一圈花环。我们却不知道妈妈要了一个小小的花招，她把肉馅的饺子都捏上花边，让我和弟弟连吃带玩地吞进肚里，自己和爸爸却吃那些素馅的饺子。

　　那段艰苦的岁月，妈妈的花边饺，给了我们难忘的记忆。但是，这些记忆，都是到自己做了父亲的时候，才开始清晰起来，仿佛它一直沉睡着，必须让我们用经历把它唤醒。

自从我能写几本书以后，家里的经济状况好转，饺子不再是什么圣餐。想起那些个辛酸和我不懂事的日子，想起妈妈自父亲去世后独自一人艰难度日的情景，我想起码不能再让妈妈在吃的方面受委屈了。我曾拉妈妈到外面的餐馆开开洋荤，她连连摇头："妈老了，腿脚不利索，懒得下楼啦！"我曾在菜市场买来新鲜的鱼肉或时令蔬菜，回到家里自己做，妈妈并不那么爱吃，只是尝几口便放下筷子。我便笑妈妈："您呀，真是享不了福！"

后来，我明白了，尽管世上食品名目繁多，人的胃口花样翻新，妈妈雷打不动只爱吃饺子。那是她老人家几十年一贯历久常新的最佳食谱。我知道唯一的方法是常包饺子。每逢我买回肉馅，妈妈看出要包饺子了，立刻麻利地系上围裙，先去和面，再去调馅，绝对不让别人插手。那精气神，又像回到我们小时候。

那一年大年初二，全家又包饺子。我要给妈妈一个惊喜，因为这一天是她老人家的生日。我包了一个带糖馅的饺子，放进盖帘上一圈圈饺子之中，然后对妈妈说："今儿您要吃着这个带糖馅的饺子，您一准儿是大吉大利！"

妈妈连连摇头笑着说："这么一大堆饺子，我哪儿那么巧能有福气吃到？"说着，她亲自把饺子下进锅里。饺子如一尾尾小银鱼在翻滚的水花中上下翻腾，充满生趣。望着妈妈昏花的老眼，我看出来她是想吃到那个糖饺子呢！

热腾腾的饺子盛上盘，端上桌，我往妈妈的碟中先拨上三个饺子。第二个饺子妈妈就咬着了糖馅，惊喜地叫了起来："哟！我真的吃到了！"我说："要不怎么说您有福气呢？"妈妈的眼睛笑得眯成了一条缝。

其实，妈妈的眼睛实在是太昏花了。她不知道我耍了一个小小的花招，用糖馅包了一个有记号的花边饺。

那曾是她老人家教我包过的花边饺。

1995 年 10 月 1 日

年轻时去远方漂泊

寒假的时候，儿子从美国发来一封 E-mail，告诉我他要利用这个假期开车从他所在的北方出发到南方去，并画出了一共要穿越 11 个州的路线图。刚刚出发的第三天，他在得克萨斯州的首府奥斯汀打来电话，兴奋地对我说这里有写过《最后一片叶子》的作家欧·亨利的博物馆，而在昨天经过孟菲斯城时，他参谒了摇滚歌星猫王的故居。

我羡慕他，也支持他，年轻时就应该去远方漂泊。漂泊，会让他见识到他没有见过的东西，让他的人生半径像水一样漫延得更宽更远。

我想起有一年初春的深夜，我独自一人在西柏林火车站等候换乘的火车，寂静的站台上只有寥落的几个候车的人，其中一个像是中国人，我走过去一问，果然是，他是来接人。我们闲谈起来，知道了他是从天津大学毕业到这里学电子的留学生。他说了这样的一句话，虽然已经过去了十多年，我依然记忆犹新："我刚到柏林的时候，兜里只剩下了 10 美元。"就是怀揣着仅仅的 10 美元，他也敢于出来闯荡，我猜想得到他为此所付出的代价，异国他乡，举目无亲，风餐露宿，漂泊是他的命运，也成为他的性格。

我也想起我自己，比儿子还要小的年纪，驱车北上，跑到了北大荒。自然吃了不少的苦，北大荒的"大烟炮儿"一刮，就先给我了一个下马威。天寒地冻，路远心迷，仿佛已经到了天外，漂泊的心如同断线的风筝，不知会飘落在哪里。但是，它让我见识到了那么多的痛苦与残酷，也让我触摸到了那么多美好的乡情与故人，而这一切不仅谱就了我当初青春的谱线，也成为我今天难忘的回忆。

没错，年轻时心不安分，不知天高地厚，想入非非，把远方想象得那样好，才敢于外出漂泊。而漂泊不是旅游，肯定是要付出代价的，品尝多一些的人生滋味，也绝不是冬天坐在暖烘烘的星巴克里啜饮咖啡。也只有年轻时才有可能去漂泊，漂泊需要勇气，也需要年轻的身体和想象力。人的一生，如果真的有什么事情叫无愧无悔的话，在我看来，就是你的童年有游戏的欢乐，你的青春有漂泊的经历，你的老年有难忘的回忆。

一辈子总是待在舒适的温室里，再是宝鼎香浮、锦衣玉食，也会弱不禁风、消化不良的；一辈子总是离不开家的一步之遥，再是严父慈母、娇妻美人，也会目光短浅、膝软面薄的。青春时节，更不应该将自己的心锚过早地沉入窄小而琐碎的泥沼里，沉船一样跌倒在温柔之乡。在虚拟的网络中和在甜蜜蜜的小巢中，酿造自己龙须面一样细腻而细长的日子，消耗自己的生命，只能让自己未老先衰变成一只蜗牛，只能在雨后的瞬间从沉重的躯壳里探出头来，望一眼灰蒙蒙的天空，便以为天空只是那样大，那样脏兮兮。

青春，就应该像是春天里的蒲公英，即使力气单薄、个头矮小、还没有长出飞天的翅膀，也要借着风力飞向远方；哪怕是飘落在你所不知道的地方，也要去闯一闯未开垦的处女地。这样，你才会知道世界不只是一间好看的玻璃房，你才会看见眼前不只是一堵堵心的墙。你也才能够品味出，日子不只是白日里没完没了的堵车，夜晚时没完没了的电视剧和家里不断升级的鸡吵鹅叫，单位里波澜不惊的明争暗斗。

尽人皆知的意大利探险家马可·波罗，17 岁就曾经随其父亲和叔叔远行到小亚细亚，21 岁独自一人漂泊整个中国。奥地利的音乐家舒伯特，20 岁那年离开家乡，开始了他在维也纳的贫寒的艺术漂泊。我国的徐霞客，22 岁开始了他历尽艰险的漂泊，行万里路，读万卷书……当然，我还可以举出如今的"北漂一族"——那些生活在北京农村简陋住所的人们，他们也都是在年轻的时候开始了最初的漂泊。年轻，就是漂泊的资本，是漂泊的通行证，是漂泊的护身符。而漂泊，则是年轻的梦的张扬，是年轻的心的开放，是年轻的处女作的书写。那么，哪怕那漂泊如同舒伯特的《冬之旅》一样，茫茫一片，天地悠悠，前无来路，后无归途，铺就着未曾料到的艰辛与磨难，也是值得去尝试一下的。

我想起泰戈尔在《新月集》里写过的诗句："只要他肯把他的船借给我，我就给它安装一百只桨，扬起五个或六个或七个布帆来。我决不把它驾驶到愚蠢的市场上去……我将带我的朋友阿细和我做伴。我们要快快乐乐地航行于仙人世界里的七个大海和十三条河道。我将在绝早的晨光里张帆航行。中午，你正在池塘洗澡的时候，我们将在一个陌生的国王的国土上了。"那么，就把自己放逐一次吧，就借来别人的船张帆出发吧，就别到愚蠢的市场去，而先去漂泊远航吧。只有年轻时去远方漂泊，才会拥有泰戈尔这样童话般的经历和收益，那不仅是书写在心灵中的诗句，也是镌刻在生命里的年轮。

2004 年初于北京

年　灯

去年的大年夜，我家后面老爷子家的那盏年灯，在他家封闭阳台的落地窗前，照往年一样，又亮了起来。

老爷子是位老北京，讲究老理儿。过年的时候，家里如有亲人还没有赶回来，要点亮这样一盏年灯，等候亲人的归来。什么时候亲人回来了，这盏年灯才可以熄灭。如果亲人一直都没有回家过年，这盏年灯每晚都要点亮，一直要等到正月十五，才可以取下。

好几年过年的时候，老爷子家这盏年灯都点亮了。从我家的后窗一眼就能望见，这盏年灯就这样一直亮到正月十五满街花灯绽放的时候。如今，满北京城，如老爷子这样坚持守候过年老理儿的人，不多见了。

每年过年期间，望着老爷子家这盏年灯，我都会想起自己年轻的时候。那时候母亲还在世，不管晚上我回家多晚，她老人家都会让家里的灯亮着。每次骑着自行车回家，四周房屋里的灯光都没有了，一片漆黑，老远，老远，一望见家里那盏橘黄色的灯闪着光，像一颗小小的心脏跳动着，我的心里便会充满温暖，知道母亲还没有睡,还在等着我。母亲去世之后,我晚上回家,再也看不见那盏橘黄色的灯了,好长一段时间都不适应,心里都会有些伤感。对于我,灯,就是家;灯下,就是母亲。无论你回来有多晚,无论你离家有多远,灯只要在家里亮着,母亲就在家里等着。

因为老爷子的儿子和我的儿子都在美国,一样读完博士,在美国成家、生子、工作,我们有很多共同的话题,比较熟,也比较说得来。我知道,前些年,老爷子和老伴还常常去美国,看他的儿子,帮助带带孙子。如今,孙子都上中学了,老爷子真的老了。他不止一次对我说:快八十了,十几个小时的飞机坐不了喽,前列腺不争气,总得上厕所。便盼望儿子能够带着儿媳妇和孙子回来过一回春节。盼了好几年,不是儿子和儿媳妇工作忙,就是孙子春节期间正上学请不了假,都没能够回来。每年春节,老爷子家阳台的窗前,都亮起年灯。

今年老爷子家的这盏年灯,变了花样。以往,都只是一盏普通的吊灯,半圆形乳白色的灯罩里,垂挂着一支暖色的节能灯。有时候,为了增添一些过年的气氛,老爷子会在灯罩上蒙上一层红纸或红纱。今年,换成了一盏八角宫灯,木制,纱面,上面绘着彩画,下面垂着金黄色的穗子,因为距离有点远,看不清画的是什么,但五颜六色的,显得很漂亮。过年的色彩,一下子浓了。不知道老爷子是从哪儿淘换了这么一个玩意儿。

老爷子家的这盏年灯,就这样又像往年一样,在大年夜里亮了一宿。烟花腾空,缤纷辉映在他家窗前的时候,暂时遮挡了年灯,但当烟花落下之后,年灯又亮了起来。让我觉得特别像大海里的浪涛,一浪一浪翻滚过后,只有它像礁石一样立在那里不动。那岿然不动的样子，那执着旺盛的心气，颇像老爷子。

　　大年初一过去了，大年初二也过去了……老爷子的年灯，就这么一直亮着。在整个小区里，不知道还有没有什么人，会注意到有这样一盏年灯；在偌大的北京城，不知道还有没有什么人，能守着这么一份过年的老理儿，点亮这样一盏守候着亲人回家过年的年灯。

　　一天半夜里，我起夜，在厕所的后窗前瞥见那盏年灯，无月无星只有重重雾霾的夜色里，它比一颗星星还亮，亮得如同一个旷世久远的童话。心里不禁有些感慨，既为老爷子，也为老爷子的儿子，同时，也为自己。

　　大年初五的早晨，我起床后，从后窗望去，忽然发现，老爷子家阳台落地窗前的那盏年灯，没有了。这一天的天气格外晴朗，太阳斜照在他家阳台的落地窗上，明晃晃地反光，直刺我眼睛，我以为眼花了，没有看清。定睛再细看，年灯真的没有了。

　　正有些奇怪，看见一个男人领着一个十几岁的男孩子，走进阳台，他们都穿着一身运动衣，两人做起了体操来。不用说，老爷子的儿子和孙子回家了。虽然，没有赶上年夜饭，毕竟赶上了今天晚上破五的饺子。离正月十五还有十天，年还没有过完呢。

　　又要过年了。想起老爷子的那盏年灯。

2012 年 1 月 12 日

剪 纸

那天,我带孙子高高去美术馆看马蒂斯的剪纸。这个题名为"马蒂斯剪纸:'爵士'"的展览,是马蒂斯的一组剪纸画,共有20幅。这是1942年时马蒂斯的作品,那时,马蒂斯73岁,信手拿起了剪刀和纸。剪刀在他的手中,灵动如仙;鲜艳的色块和诡异的线条,充满难得的童趣,让我看到了他绘画艺术的另一面。

我指着马蒂斯的剪纸,问高高:"好看吗?"他回答我说:"挺好玩的!"高高只有四岁半,他的这个回答,让我高兴,因为他没有顺着我的问话回答说好看,而是说好玩。剪纸,和正儿八经的油画不同,正在于好玩。油画,需要画笔、颜料、画布和画架,剪纸,只要一把剪刀和一张纸,就可以了。所以,剪纸来自民间,而不像油画来自宫廷和学院。

我和高高说话的时候,高高的爸爸正在前面,俯身趴在马蒂斯的一张剪纸前观看,不知道他看出了什么,又会想起什么。那一刻,我想起了他小时候,和高高差不多大的年纪,有一天,我和他妈妈有事外出,把他丢给奶奶照看。小孩子,没有一盏省油的灯,他开始磨着奶奶,要她和他一起玩,玩他的积木、魔方、变形金刚和电动火车。那时候，奶奶已经70多岁了，哪里会玩他的这些新式玩具！便总在玩的时候出差错，不是积木坍塌，就是火车出轨。他玩的兴趣锐减，开始磨着奶奶，要找爸爸妈妈。奶奶没有办法，从针线笸箩里拿出一把剪刀，让他找张纸，说奶奶教你剪纸吧！

孙子眨巴着眼睛，望着奶奶，有些奇怪，但听说要剪纸，还是来了情绪，飞快地跑走找纸去了。那时，我家里有很多杂志，花花绿绿的封面，正好成了剪纸的好材料。不一会儿，他抱来一摞杂志，递给奶奶说，你教我剪纸吧！

其实，奶奶哪里会什么剪纸！除了鞋样，她老人家一辈子也没有剪过一回纸，实在是被这个磨人精的小孙子磨得没招了。年轻时候，在农村生活，她看过村里人剪纸，是过年的时候剪出的窗花和吊钱，贴在窗户上，挂在房檐前，红红火火的，吉祥，又好看。那些窗花里有很多如喜鹊登梅等好看却又复杂的图案，那些吊钱里有元宝和福禄寿喜等更复杂的图案，奶奶哪里会剪呀！奶奶是被赶上架，只好拿起剪刀，冲着杂志封面开剪了，完全是有枣一棍子，没枣一棒子，剪刀没有任何章法地随意游走。彩色的纸屑抖落在奶奶的衣襟上之后，剪出来的剪纸，虽然祖孙俩谁也认不出是什么花样，却都很开心。孙子说了句："真好玩！"便从奶奶的手里拿过剪刀，冲着另一本杂志的封面下笊篱。他觉得原来剪纸这么简单，一点都不难。

我回家的时候，看见床上和地上都是彩色的纸屑，桌上铺满祖孙俩的杰作。他跑过来对我说："全是我和奶奶剪的，好看吗？"我连说好看，那一幅幅剪纸，是比马蒂斯的剪纸还要抽象和野兽派，完全看不出剪出来的是什么东西。但是，随意甚至肆意的线条，如水如风，在彩色的纸上游龙戏凤，留下了祖孙俩心情和想象的痕迹。这些剪纸，让我第一次真正意识到，包括剪纸和绘画在内的艺术，不见得都要具象得让人看懂，关键是里面要有你的心情、想象和真挚的情感。

从此，很长一段时间，我家总会是一地彩色纸屑，如同开春后的五花草地。奶奶成为孙子的剪纸老师，祖孙俩让家里的那些杂志变废为宝。我从他们两人的剪纸里各挑出一张，夹在我的笔记本里，让它们承载一段美好的记忆。

一晃，三十多年过去了，儿子长到我当年的年龄，而孙子和他当年一样大了。生命的循环，是以日子的逝去为代价的。那天，从美术馆回到家中，我拿出剪刀，对高高说："去，看看你爸爸那里有没有废杂志，爷爷教你剪纸！"高高眨动着眼睛，好奇地问我："你会剪纸？像马蒂斯一样的剪纸？"我信心满满地对他说："对，比马蒂斯还要好看好玩的剪纸！"

又是一地彩色的纸屑。

2015 年春节前夕于北京

新年之叶

入冬几场雨后，树上的叶子几乎落光了。地上铺满树叶，五颜六色，像铺上一层彩色的地毯。每天下午放学，高高从校车上跳下来，见到我的第一句话就是："爷爷，咱们找树叶去吧！"便先不回家，沿着落叶缤纷的小路找树叶。

他是想找树叶，让我帮助他做手工。

秋末时分枝头上的树叶，或金黄，或红火一片，在秋风的吹拂下，是那样地灿烂炫目。如今，由于距离的变化，拿在手中，近在眼前，才发现同样都是枫树，也有三角枫、五角枫和七角枫的区别。而且，不同的枫叶，像伸出不同的触角，活了一般，让那红色的叶脉弯弯曲曲像是有血液在流动。不同流向的叶脉，让叶子的触角有了不同的弧度，那弧度像是舞蹈演员柔软而变幻无穷的手臂，富有韵律，唤起我们的想象，便也成为做手工的最佳材料。

我和高高捡了好多这样红色和黄色的枫叶，回到家里，铺满一桌子，找出合适的叶子，用它们做成一只金孔雀和一只红孔雀。连我自己都惊讶，那一片片枫叶怎么那么像孔雀开屏时漂亮的羽毛呢？好像它们就是特意落在地上，等着我们弯腰拾起。高高更是高兴得拍起小手叫了起来，没有想到小小的树叶，摇身一变，竟然可以出现这样神奇的效果。

　　高高对我说："鱼最好做！"没错，只要找好一片叶子，不管圆的也好，长的也好，都可以做成鱼的身子；再找好一片小点的叶子，最好是分叉的，比如三角枫，就可以做成鱼的尾巴。只要有了这样两片叶子，一条鱼就算做成了。

　　那些槭树和石楠的叶子，椭圆形，粗看起来，大同小异，细看大有玄机。石楠叶小，槭树叶大。石楠叶薄，薄得几乎透明，红红的颜色像是过滤了一样，淡淡的胭脂似的，可以随风起舞翩跹。槭树叶厚，又有光亮的釉色，像穿着盔甲的武士，看着它似乎能够听到曾经吹过树枝的风声雨声。

　　槭树叶和石楠叶最好找，几乎遍地都是。我和高高常常会如进山寻宝的人，总有些贪婪，弯腰拾起了这片，又抬头看见了那片，捧在手里一大捧，反复权衡，恋恋不舍，好像它们都是我们的至爱亲朋。我和高高一起用不同的槭树叶做成了不同形状的鱼，圆圆的，长长的，扁扁的，再用绿色的树叶剪成水草，贴在它们的旁边，鱼就像在水里面尽情地游动了。

　　当然，这些落叶，和枝头上的叶子相比，色彩也不一样了。别看落叶没有了在枝头连成一片的金黄和火红耀眼的阵势，但落叶也不是像落花一样，顷刻辗转成泥，溃不成军。落叶区别于树上叶子的重要之处，在于树上连成一片的金黄和火红，让所有的叶子变成了一种颜色，淹没在相同的色彩之中。落叶散落在草丛中，灌木间，或泥土里，却是色彩不尽相同，彰显每一片叶子舒展的个性，甚至色彩渗进叶脉，都让我们看得赏心悦目。

同样是杜梨树上落下的叶子，经霜和被雨水反复打湿后，每一片叶子上的红色已经不尽相同，那种沁入红色深处的黑色光晕，浸淫红色四周的褐色斑点，像磨出的铁锈，溅上的眼泪似的，似乎让每一片落叶都有了专属于自己的童话故事，更让每一片落叶本身都成为一幅绝妙而无法复制的图画。由于杜梨叶厚实，叶面上有一层釉色，显得很是油亮，每一片落叶都像一幅精致的油画小品。那些随心所欲而富有才华的大色块渲染，毕加索未见得能够胜上一筹。

　　我常会捡到一片好看的杜梨叶子，招呼高高过来看。高高也特别注意看那些落满一地的杜梨叶子，如果看到一片特别奇特的叶子，也会高声叫我："爷爷，快来看呀，这儿有一片不一样的叶子！"

　　有好多天，我们两人都钟情于杜梨叶。路两旁有好多杜梨树，落下的叶子成堆。我们常常在地上仔细寻找，不放过任何一片闯入眼帘的叶子，常常会有美丽的邂逅让我们赏心悦目，便常常会听见高高的大呼小叫："爷爷，快看，这里我又看见一片好看的树叶！"

　　这片最好看最别致的杜梨叶，竟然是黑色的。那种黑，油亮油亮的，叶子边缘有一层浅浅的灰色，像黑色的火焰燃尽之后吐出的一抹余韵；像淡出画面的空镜头里的远天远水，充满想象的韵味。

　　我问高高："你见过这样黑色的树叶吗？"

　　他摇摇头，说："没见过。"

　　我对他说："爷爷也没见过。"

　　我们用别的杜梨叶做的热带鱼或大公鸡，都让不同色彩的杜梨叶尽显各自的英雄本色，让那种不同的红色交织成一曲红色的交响。

我们用三片红红的树叶，做成了鸵鸟的身子，又剪了一半的叶子做成了鸵鸟的脖子，另外两片叶子，成了鸵鸟的两条大长腿。

高高又用不同形状和颜色的树叶，做成一棵五彩树。这五彩树的名字，是他自己起的。树叶是他自己捡的，自己挑的，自己贴上去的。

树叶手工越做越多，摆满一桌子。高高问我："爷爷，你最喜欢哪个？"

我说："我喜欢这个小丑。"你们看，这个小丑多有趣呀，黄色的叶子成了他的脸，三角枫做他的帽子，五角枫做他的裙子，那两片带刺的绿叶子，你们看像不像他穿的灯笼裤？那片小小的三角形的绿叶做成他的领带，多扎眼呀。最有意思的是，这儿还有小丑抛在半空中的一个红苹果，他像不像正在演杂耍？

那个红苹果，是用一小片杜梨树的叶子做成的，是高高的主意。自然，他也喜欢这个小丑，只不过，这个小丑是我和他一起完成的，高高还是最喜欢他独自完成的五彩树。

转眼新年就要到了。老师要求大家准备送给每一个同学的新年礼物。放学回家，高高问我送什么礼物好。我说送你做的树叶手工多好！其实，他也是这么想的，只是，"全班二十多个同学呢，爷爷，你得帮我！"我帮他一起做了鱼、树、花、船……贴在一张张白纸上，用中英文写下了新年快乐的字样。高高想象着把它们带到学校，被同学一抢而光，被老师夸奖说真是别致的新年礼物，心里有说不出的高兴！

这些新年礼物用了高高和我捡来的大多数叶子，只是那片黑色的杜梨叶，一直没有舍得用。也不是真的舍不得，是不知道用在哪里恰到好处。高高曾经想用它做成一只海龟，它黑亮黑亮的釉色和粗粗的叶脉，还真有几分海龟的意思。也曾经想把它一剪两半，做成两条木船，在上面用银杏叶和红枫叶做成它们各自的风帆。刚上一年级的他还拿不定主意。另外，要是做好了，他想送给老师，又想送给妈妈。到底送给谁，他也没有拿定主意。

2019 年岁末写毕于北京

辑二

远航归来

那片绿绿的爬山虎

1963年，我上初三，写了一篇作文叫《一张画像》，是写教我平面几何的一位老师。他教课很有趣，为人也很有趣，致使这篇作文写得也自以为很有趣。经我的语文老师推荐，这篇作文竟在北京市少年儿童征文比赛中获奖。当然，我挺高兴。一天，语文老师拿来厚厚一个大本子对我说："你的作文要印成书了，你知道是谁替你修改的吗？"我睁大眼睛，有些莫名其妙。"是叶圣陶先生！"老师将那大本子递给我，又说："你看看叶先生修改得多么仔细，你可以从中学到不少东西！"

我打开本子一看，里面有这次征文比赛获奖的20篇作文。我翻到我的那篇作文，一下子愣住了：首先映入眼帘的是红色的修改符号和改动后增添的小字，密密麻麻，几页纸上到处是红色的圈、钩或直线、曲线。那篇作文简直像是动过大手术鲜血淋漓又绑上绷带的人一样。回到家，我仔细看了几遍叶老先生对我作文的修改。题目《一张画像》改成《一幅画像》，我立刻感到用字的准确性。类似这样的修改很多，长句子断成短句的地方也不少。有一处，我记得十分清楚："怎么你把包《几何》课本的书皮去掉了呢?"叶老先生改成:"怎么你把《几何》课本的包书纸去掉了呢?"删掉原句中"包"这个动词,使句子干净了也规范了。而"书皮"改成了"包书纸"更确切,因为书皮可以认为是书的封面。我真的从中受益匪浅,隔岸观火和身临其境毕竟不一样。这不仅使我看到自己作文的种种毛病,也使我认识到文学事业的艰巨:不下大力气,不一丝不苟,是难成大气候的。我虽然未见叶老先生的面,却从他的批改中感受到他的认真、平和以及温暖,如春风拂面。

叶老先生在我的作文后面写了一则简短的评语:"这一篇作文写的全是具体事实,从具体事实中透露出对王老师的敬爱。肖复兴同学如果没有在这几件有关画画的事上深受感动,就不能写得这样亲切自然。"这则短短的评语,树立起我写作的信心。那时我才15岁,一个毛头小孩,居然能得到一位蜚声国内外文坛的大文学家的指点和鼓励,内心的激动可想而知,涨涌起的信心和幻想,像飞出的一只鸟儿抖着翅膀。那是只有那种年龄的孩子才会拥有的心思。

这一年暑假,语文老师找到我,说:"叶圣陶先生要请你到他家做客!"

我感到意外。像叶圣陶先生这样的大作家,居然要见见一个初中学生,我自然当成人生中的一件大事。

那天,天气很好。下午,我来到东四北大街一条并不宽敞却很安静的胡同。叶老先生的孙女叶小沫在门口迎接了我。院子是典型的四合院,敞亮而典雅。刚进里院,一墙绿葱葱的爬山虎扑入眼帘,使得夏日的燥热一下子减少了许多。阳光都变成绿色的,像温柔的小精灵一样在上面跳跃着,闪烁着迷离的光点。

叶小沫引我到客厅，叶老先生已在门口等候。见了我，他像会见大人一样同我握了握手，一下子让我觉得距离缩短不少。落座之后，他用浓重的苏州口音问了问我的年龄，笑着讲了句："你和小沫同龄呀！"那样随便、和蔼，作家头顶上神秘的光环消失了，我的拘束感也消失了。越是大作家越平易近人，原来他就如一位平常的老爷爷一样让人感到亲切。

想来有趣，那一下午，叶老先生没谈我那篇获奖的作文，也没谈写作。他没有向我传授什么文学创作的秘诀、要素或指南之类。相反，他几次问我各科学习成绩怎么样。我说我连续几年获得优良奖章，文科理科学习成绩都还不错。他说道："这样好！爱好文学的人不要只读文科的书，一定要多读各科的书。"他又让我背背中国历史朝代，我没有背全，有的朝代顺序还背颠倒了。他又说："我们中国人一定要搞清楚自己的历史，搞文学的人不搞清楚我们的历史更不行。"我知道这是对我的批评，也是对我的期望。

我们的交谈很融洽，仿佛我不是小孩，而是大人，他的一个老朋友。他亲切之中蕴含的认真，质朴之中包容的期待，把我小小的心融化了，以致不知黄昏什么时候到来，落日的余晖悄悄染红窗棂。我一眼又望见院里那一墙的爬山虎，黄昏中绿得沉郁，如同一片浓浓湖水，映在客厅的玻璃窗上，不停地摇曳着，显得虎虎有生气。那时候，我刚刚读过叶老先生写的一篇散文《爬山虎》，便问："那篇《爬山虎》是不是就写的它们呀？"他笑着点点头："是的，那是前几年写的呢！"说着，他眯起眼睛又望望窗外那爬山虎。我不知那一刻老先生想起的是什么。

我应该庆幸，有生以来第一次见到作家，竟是这样一位大作家,一位人品与作品都堪称楷模的大作家。他对一个孩子平等真诚又宽厚期待的谈话,让我 15 岁那个夏天富有生命和活力,仿佛那个夏天变长了。我好像知道了或者模模糊糊懂得了:作家就是这样做的,作家的作品就是这么写的。同时,在我的眼前,那片爬山虎总是那么绿着。

1991 年 11 月于北京

生命的平衡

不知道你相信不相信，无论什么样的生命，在短促或漫长的人生中都需要平衡，并且都会最终得到平衡的。漂亮的白雪公主自然有其漂亮面庞的如意，却也有后母的嫉妒、坏人的追杀，以及毒梳子和毒苹果的危险等等的不如意；不漂亮的灰姑娘自然有其种种悲惨的命运，却也有其终成正果的美好回报。眼睛瞎了，意大利的安德烈·波切利却成为著名的盲人歌唱家；腿残疾了，爱尔兰的克里斯蒂·布朗却用唯一能够活动的左脚敲打键盘，成为著名的作家。个子高的，如姚明，自然成就了他的事业，他可以到美国的 NBA 去打篮球，风光无限；个子矮的，就一定不如个子高的吗？如拿破仑，按现在的标准大概得是二级残废了，但却不妨碍他成为盖世的英雄。

这就像《红楼梦》里所说的：大有大的难处，小有小的好处。这也就像《伊索寓言》里所讲的：高高的长颈鹿可以吃得着高高树枝上的叶子，却没办法走进院子的矮小的门；矮矮的山羊吃不着高高树枝上的叶子，却轻而易举地走进了矮小的门。

懂得了生命中的这一点道理，不仅是让我们不必为自身的长处而骄傲，不必为自身的短处而悲观；也不仅是让我们知道拥有再多，总会有失去的时候，失去的再多，总会得到补偿的机会。更重要的是，让我们充分去体味到生命其实是一条流淌的河，乱石穿空，惊涛拍岸，卷起千堆雪，是生命中的一种情景；潮平两岸阔，风正一帆悬，也是生命的一种情景；一条河在流淌的过程中，不可能总是前一种风景，也不可能总是后一种风景，它要在总体流量的平衡中向前流淌，一直流入大江大海。因此，我们不必去顾此失彼，我们不必去刻意追求某一点，而是在生命的平衡中，让我们的心态更加从容，让我们的生活更加平和，让我们的人生更像是一幅舒展的画卷。

今年我去土耳其，遇见被称为当今土耳其首富的萨班哲先生。说萨班哲先生是土耳其的首富，并不虚传，并不夸张，所有在土耳其大街上跑的丰田汽车，都是他家生产的；凡是有蓝底白字 SA 字母牌子的地方，都是他家的产业；凡是有蓝底白字 SA 字母商标的东西，都是他家的产品。在土耳其，SA 的标志，触目皆是；萨班哲的名字，家喻户晓。

如此富有的人，却也有命运不济的地方，他的两个孩子，一个儿子，一个女儿，都是残疾智障者。命运，就是和他这样开着残酷的玩笑。他却以为这其实就是生命给予他的一种平衡，而不去怨天尤人。他的想法，和我们古人的想法颇为相似：月有阴晴圆缺，人有悲欢离合，此事古难全。想到生命这样的一点平衡的意义，他的心也就自然平衡了。命运在一方面给予他别人无法企及的财富，在另一方面给予他如此触目惊心的惩罚。他想开了，惩罚也可以变成回报，两者之间沟通的桥就是生命的平衡力量。他在伊斯坦布尔为残疾人修建了一座公园，公园里所有的器械都是为残疾人专门设计的,就连游乐场上的摇椅,都有供残疾人不用离开轮椅而自动坐上坐下的自动装置。他希望以自己能够做到的事情来平衡更多残疾人不如意的生活,从而使自己不如意的生活达到新的平衡。

萨班哲先生已经七十有余,如此富有,其实对自己却非常抠门。传说他一直到现在,依然是一天只抽一支雪茄,上午和下午各半支;依然是一天只喝一小杯威士忌,是在一天工作完太阳下山之后坐下来喝。但到了为别人花钱的时候,他却一掷千金,如建立伊斯坦布尔的残疾人公园。他在富有和贫穷中、健全与残疾中、得到与失去中寻找到了自己的平衡。

那天,我们去参观以他的名字命名的萨班哲博物馆。博物馆就建在博斯普鲁斯海峡的岸边,进可以观各种名画和古兰经,出可以看海水蔚蓝海鸥翩翩和博斯普鲁斯大桥的巍峨壮观,真是非常漂亮。这里原来是他的私人住宅,他捐献出来改建成了这座博物馆。在这座博物馆里,最有趣的是一间陈列室里,挂满了以萨班哲先生为题材的漫画。是萨班哲先生把漫画家们请来土耳其,让他们怎么丑怎么画,越丑越好,才收到这样满满一屋子的漫画。有时候,他到这里来看一屋子包围着他的、画着他的那一幅幅丑态百出的漫画,他很开心,他在这里找到了在外面被人或鲜花或镜头所簇拥着、恭维着时所没有的平衡,他在这里找到了在两个残疾智障的孩子给予他的痛苦中所没有的欢乐。萨班哲先生真是洞悉了世事沧桑,彻悟到了人生三昧。他实在是一个有智慧的老头,懂得平衡的艺术真谛。

我们能够拥有他这样洒脱的心态吗?我们能够拥有他这样宠辱不惊的自我平衡的力量吗?如果我们也一样拥有,我们的人生就会和萨班哲先生一样过得充实而愉快,而不会因为一时的得意而忘乎所以,因一时的失意而绝望到底;我们便和萨班哲先生一样在世事的跌宕中历练自己,在生命的平衡中体味到人生的意义。

　　人的一生,从来不可能是天堂地狱非此即彼的选择,在这两者之间总有一种平衡力量的显示。这样,我们的生命才处于一种能量守恒的状态中,面对生活中所呈现出的极端才不会或得意忘形或惊慌失措,比如:有时候我们会处于睡眠状态,有时候我们会处于亢奋状态;有时候我们会如孔雀开屏四面叫好,有时候我们会如老鼠钻木箱两头挨堵……生命就是在这样的阴阳契合、内外互补、得失兼备和相辅相成中达到平衡。寻找到这样的平衡,便会寻找到生活的艺术,寻找到生命的意义。

　　生命平衡的力量,其实就是我们平常生活的定力,是我们琐碎人生的定海神针。

2004 年 5 月 17 日于北京

美丽的脆弱

我有一个朋友,假期没有像有的人那样往风景热闹的地方跑,偏偏跑到了当年他插队的地方。那是一个叫西尔根的地方。很动听也很陌生的名字。走之前,全家没有一个人同意他去。是啊,都离开那里26年了,没有任何的联系,干吗心血来潮非要去那里不可?他偏偏就是一意孤行,偷偷地离开家,上了奔向内蒙古草原的火车。就像26年前他离开北京去西尔根那天一样,也是独自一人,傍晚的夕阳火红,显得有些凄清。

其实,上了火车,他自己也没明白为什么一根筋似的非要大老远跑一趟那里不可。也许就像罗大佑的歌里唱的那样:"眼看着高楼盖得越来越高,我们的人情味却越来越薄;朋友之间越来越有礼貌,只因为大家见面越来越少;苹果价钱卖得没以前高,或许现在味道变得不好;就像彩色的电视变得更加花哨,能辨别黑白的人越来越少"。久居城市,天天见到的都是这些钢筋水泥和上了油彩化妆的脸,心都磨出了厚厚的老茧,硬得油盐不进,真是容易让人心烦意乱,他要躲个清净,突然想起了已离开26年的那个遥远的草原?

他说不清，他是个强悍的人，想好的事就要去做，不会在关键的时候弱下来。坐了一天一夜的火车，又坐了大半天的汽车，他就是要奔向那个叫西尔根的地方。这地名对于家人来说陌生得犹如在另一个星球之上，对他来说却是比世界上任何一个旅游胜地或其他辉煌的地名都要刻骨铭心。望着窗外奔驰而过的北方原野，他愣是一天一夜没合眼。

他终于见到了西尔根，和在西尔根他想见的人。他曾经在那里度过了整个青春期，那个地方怎么能够像吃鱼吐刺似的轻易地剔除得掉呢？许多和青春连在一起的东西和地方，不管好坏，都是难以忘掉的。西尔根，西尔根，他有时会在心中叫着它，就像叫着自己的名字一样。

因为在那里的最后几年他当了民办老师，他教过的学生都呼喊着跑了过来，却不是他想象的样子，个个已经面目皆非。都是有了孩子四十岁上下的人了，有的还居然有了孙子，能不让他感慨流年暗换？

又听见了熟悉的蒙语，又吃到了熟悉的扒羊肉，又喝到了熟悉的奶皮子，又闻到了熟悉的"乌了莫"拌炒米的香味和属于西尔根草原风中的清香……酒酣耳热之际，这些学生们对他说："老师，我们给你唱首歌吧！"他以为是常见的蒙古族人喝酒时的唱歌助兴，那就唱吧，没想到他们忽然齐刷刷地站了起来，齐声声唱的竟是 26 年前自己教他们的那首歌。如果不是他们唱，他几乎都要忘光了，他一辈子就自编了这么一首歌，26 年了，他们居然还记得？记得这么清清楚楚！不知怎么搞的，当着那么多的学生，他一下子竟泪流满面。

他才发现自己原来并不那么坚强，竟然这样脆弱。一首陈年老歌就让自己的眼泪没出息地流出来。

其实，有时候，人心需要一点脆弱。我们太崇尚所谓的强人和牛仔硬汉，其实，时时都是那样坚强，像时时穿着盔甲、举着盾牌似的，会让人受不了。就像城市要是处处都变成坚硬的钢筋水泥，露不出一点见泥见土的地方，就不能让雨水渗进去，滋润出一片青草。如果我们还能够在行色匆忙之中偶然被一首陈年老歌或被一点微小之事所打动，说明我们还有救。

有时候，脆弱就是测量我们是否还有救的一张 pH 试纸。

2005 年 5 月写毕于北京

到天堂的距离

第一次读美国女诗人狄金森的诗,随手翻着书,像是占卜,翻到哪一页就是哪一页,翻到的是这样的一首:

> 到天堂的距离
> 像到那最近的房屋
> 如果那里有个朋友在等待着
> 无论是祸是福

这短短的几句诗,便再也没有忘记。是湖南人民出版社1984年版的《狄金森诗选》。一本灰绿色的封面。好诗,就像是漂亮的姑娘,留给人的印象总是深的。

到天堂的距离真的就是那样近吗?只要那里有个朋友在等待着?

当时,我这样问自己。我的答案是肯定的。狄金森说出了我心里的话。

那时,我有一个朋友,他和我都在中学里当老师,我们都刚刚从北大荒回到北京。常常就是这样,有事没事,心里高兴了,心里烦恼了,都会跑动起来,不是我到他家,就是他到我家。不管是刮风,还是下雪,骑着一辆破自行车,跑了过来,远远看见了屋里的灯光亮着,就会觉得那橘黄色的灯光像是温馨的心在跳动,朋友——不管对于我,还是对于他——都正在屋里等待着呢。

我们聚在一起,其实只是聊聊天,无主题地聊天,却曾经给予我们那样多的快乐。那时,我们都不富裕,唯一富裕的是时间。那时,我们哪儿也不去,就是到家里来聊天,其实是因为我们衣袋里实在"兵力"不足,不敢到外面去花费。一杯清茶,两袖清风,就那样聊着,彼此安慰着,鼓励着,或者根本没有安慰,也不鼓励,只是天马行空天南地北地瞎聊,一直聊到夜深人静,哪怕窗外寒风呼啸或是大雪纷飞。如果是在我家,聊得饿了,我就捅开煤火,做上满满一锅的面疙瘩汤,放点香油,放点酱油,放点菜叶,如果有鸡蛋,再飞上一圈蛋花,就是最奢侈的享受了,那是那段日子里我拿手的厨艺。围着锅,就着热乎劲儿,满满一锅,我们两个人竟然吃得一点不剩。

其实,现在想想,那时候我们的聊天中所包含的内容,也不见得多么高尚,只是将精神将感情将心中残存的一份浪漫,极其认真而投入地用细针密线缝缀成灿烂的一片云锦。虽然到头来做不成一床鸳鸯被面,毕竟也曾经闪烁在我们的头顶,辉映在我们的心里,迸发出一点星星的光芒,让我们眼前不曾一片漆黑。

我们也没有如现在的年轻人一样,讲究一番设计和规划,乃至包装,让未来的日子脱胎于今日,让投入和产出成一种正比的关系,或者借助我们的关系滚雪球似的再发展一张新的关系网。没有,我们只是以一种意识流的聊天方式,以一种无知般的幼稚态度，以一种乌托邦的发散思维，度过了那一个又一个只有疙瘩汤相伴的日子。如果按照现在的标准，我们是颗粒无收，我们不仅浪费了时光，也浪费了赚钱和升迁的机遇。

但是，我依然想念那些个只有疙瘩汤相伴的日子。我们心无旁骛，所以我们单纯，所以我们快乐；我们知足，所以我们自足，所以我们快乐。

夜晚，我盼望着他到我家里来，同样，他也盼望着我到他家里去。那时，我们没有电话，没有手机，没有金钱，没有老婆，没有官职，没有楼房。但是，那时，我们真的很快乐。往事如观流水，来者如仰高山，我们只管眼前，我们相互鼓励，我们彼此安慰，并不是如今手机短信巧妙编织好的短语，也不是新年贺卡烫金印制上的警句，更不是像现在一样，靠电话靠"伊妹儿"。我们只是靠着最原始的方法，到对方的家里去，面对面，接上地气，接上气场，让感情贯通。我们只是心有灵犀一点通，谈笑之中，将一切化解，将一切点燃。

记得有一次，我去他家，他正因为什么事情（大概是学校里的工作安排）而烦恼不堪，低着头，闷葫芦似的，一句话也不说。我拉着他出门骑上自行车，跟我一起回家。一路顶着风，我们都没有说话，回到家，我做了一锅疙瘩汤，我们围着锅，热乎乎地喝完，他又开始说笑起来，什么都忘了，什么也都想起来了。

记得有一次，我的母亲突然去世，想起母亲在世时的一桩桩往事，想起自己年轻时候不懂事而让母亲伤心，我正在悲痛欲绝而渴望有一个可以倾诉的人。怎么这么巧，他推门走进我的家，像是知道我的渴望一样。他就那么安静地坐在我的面前，听我倾诉，一直听我陈芝麻烂谷子地讲完。他没有安慰我，那时候，倾听就是最好的安慰。我连一杯水都忘了给他倒，他知道，那时候，我需要的和他需要的是什么。

什么是天堂？对于不同的人，这个世界上有不同的天堂。对于我们，这就是天堂。狄金森说得对：

> 到天堂的距离
> 像到那最近的房屋
> 如果那里有个朋友在等待着
> 无论是祸是福

20年过去了，我现在想起这首诗，总忍不住想起另一个诗人的一首诗，诺贝尔文学奖获得者、爱尔兰诗人谢默斯·希尼这样写道：

> 你就像有钱人听到一滴雨声
> 便进了天堂

都是天堂，有的在有钱人那里，有的在有朋友等待的屋里。天堂距离，哪个远？哪个近？

2006年11月于北京

人生除以七

看罢英国导演迈克尔·艾普特的电视纪录片 *56 Up*（《人生七年》）之后，心里不大平静。这部纪录片，拍摄了伦敦来自精英、中产和底层等不同阶层的 14 个人，自 7 岁开始，一直到 56 岁的生活之路。导演每隔七年拍摄一次，看他们的变化。七个七年之后，这些人 56 岁了，这么快就从童年进入了老年。150 分钟的纪录片，演绎了人生大半，逝者如斯，真的让人感喟。

我不想谈论这部纪录片所要表达的主旨。让我感兴趣的是，它选择了将人生除以七的方式，来演绎并解读人生。为什么不是别的数字，比如五或六，而偏偏是七？即使抛却对数字特别膜拜的深意或禅意，乃至宗教的意义，七，也是一个很好的选择。让我也来一回这样的选择，将自己的人生已经走过的岁月除以七，看看有什么样的变化。

不从 7 岁而从 5 岁开始吧。因为，那一年，我的生母去世，我人生的记忆也就是从那时开始。记忆中那一年，夏天，院子里的老槐树落满一地槐花如雪，我穿着一双新买的白力士鞋，算是为母亲穿孝。母亲长什么样子，一点印象也没有了，只记得姐姐带着我和两岁的弟弟一起到劝业场的照相馆照了一张全身合影，特意照上了白力士鞋，她便独自一人到了内蒙古修铁路去。那一年，姐姐17岁。

七年之后，我12岁，读小学五年级。第一次用节省下来的早点钱，买了一本杂志——《少年文艺》，这是我人生中所拥有的第一本书，花了1角7分钱。我人生中读到的第一篇小说，是这本杂志上刊登的美国作家马尔兹写的《马戏团来到了镇上》。那是马戏团第一次来到那个偏僻的小镇。那两个来自农村的小兄弟，没有钱买入场券，帮助马戏团把道具座椅搬进场地，换来了两张入场券。坐在场地里，好不容易等到第一个节目，小丑刚出场，小哥俩累得睡着了。这个故事给我的印象那样深刻，小说里的小哥俩，让我想起了我和我的弟弟，也让我迷上了文学。我开始偷偷地写我们小哥俩的故事。

19岁那一年的春天，我高中毕业，报考中央戏剧学院，初复试都通过，录取通知书也提前到达了。"文化大革命"爆发了。大学之门被命运之手关闭，两年后，我去了北大荒，把那张夹在印有毛体"中央戏剧学院"红色大字的信封里的录取通知书撕掉了。

26岁，我在北京郊区当一名中学老师。那时我已经回到北京一年。因为父亲突发脑出血去世，家中只剩下老母亲一人，才被困退回京。熬过了近一年待业的时间，才得到教师这个职位。和父亲一样，我也得了高血压，医生开了假条。每天下午，我骑着自行车回家，写我的第一部长篇小说，取名叫《希望》。在那没有希望的年头，小说的名字恶作剧一样，有一丝隐喻的色彩。

33岁，我"二进宫"进中央戏剧学院读二年级。那一年，我有了孩子。孩子出生的这一年,我在南京为《雨花》杂志修改我的一篇报告文学,那将是我发表的第一篇报告文学。我从南京回到家的第二天,孩子呱呱坠地。

40岁,不惑之年。有意思的是,那一年,上海《文汇月刊》要在杂志封面上刊登我的照片,发电报来,要我立刻拍照寄去。我下楼找同事借来一台专业照相机,带着儿子来到地坛公园,让儿子帮我照了照片,勉强寄去用了。那时,儿子8岁,小手还拿不稳相机。照片晃晃悠悠的。

47岁,我调到了《小说选刊》。大学毕业之后,从大学老师到《新体育》杂志记者,几经颠簸,我终于来到中国作协这个向往已久的地方,以为是文学的殿堂。前辈作家艾芜和叶圣陶的孩子,却都劝我三思而行,说那里是名利场,是是非之地。

54岁,新世纪到来。我自己却乏善可陈。两年之后,儿子去美国读书,先在威斯康星大学读硕士,后到芝加哥大学读博士,都有奖学金,是他的骄傲,也是我的骄傲。

61岁,大年初二,突然的车祸,摔断脊椎,我躺在天坛医院整整半年。家人朋友和同事都说是大难不死,必有后福。我相信他们说的,我相信命运。福祸相依,我想起在叶圣陶先生家中曾经看过的先生用隶书写的那副对联:得失塞翁马,襟怀孺子牛。

68岁,正好是今年。此刻,我正在美国印第安纳大学旁边儿子的房子里小住,两个孙子已相继出世,一个两岁半,一个就要5岁,生命的轮回,让我想起儿子的小时候,却怎么也想不起自己的小时候是不是也是这样子。

人生除以七,竟然这么快,就将人生一本大书翻了过去。56 Up中有一个叫贾姬的女人说:"尽管自己是一本不怎么好看的书，但是已经打开了，就得读下去，读着读着，也就读下去了。"人生除以七，在生命的切割中，人容易看到人生的速度，体味到时间的重量。流水带走光阴的故事，改变了一个人。漫漫人生路，能够有意识地除以七，听听自己、也听听光阴的脚步，看看自己、也看看历史的轨迹，是件有意思的事情。

2014 年 7 月 23 日于布卢明顿雨中

遥远的土豆花

在北大荒,我们队的最西头是菜地。菜地里种得最多的是土豆。那时,各家不兴自留地,全队的人都得靠这片菜地吃菜。秋收土豆的时候,各家来人到菜地,一麻袋一麻袋把土豆扛回家,放进地窖里。土豆是东北人的看家菜,一冬一春吃的菜大部分靠它。

土豆夏天开花,土豆花不大,也不显眼,要说好看,赶不上扁豆花和倭瓜花。扁豆花,比土豆花鲜艳,紫莹莹,一串一串,梦一般串起小星星,随风摇曳,很优雅的样子。倭瓜花,明黄黄,颜色本身就跳,格外扎眼,花盘又大,很是招摇,常常会有蜜蜂在它上面飞,嗡嗡嗡,很得意地为它唱歌。

土豆花和它们一比,一下子就处于下风。它实在是太不起眼。因为队上种的土豆占地最多,被放在菜地的最边上,土地的外面就是一片荒原了。在半人高的萋萋荒草面前,土豆花就显得更加弱小得微不足道。刚来北大荒那几年,虽然夏天在土豆开花的时候,常到菜地里帮忙干活,或者到菜地里给知青食堂摘菜,或者来偷吃西红柿和黄瓜,但是,我并没有注意过土豆花,甚至还以为土豆是不开花的。

我第一次看到并认识土豆花,是来北大荒三年后的夏天,那时候,我在队上的小学校里当老师。

小学校里除了校长就我一个老师,从一年级到六年级的所有课程,都是我和校长两个人负责教。校长负责低年级,我负责高年级。三个级部的学生,挤在一个课堂里上课,常常是按下葫芦起了瓢,闹成一团。应该说,我还是一个负责的老师,很喜欢这样一群闹翻天却活泼可爱的孩子。所以当有一天发现五年级的一个女孩子一连好多天没有来上课的时候,心里很是惦记。一问,学生七嘴八舌嚷嚷起来:"她爸不让她上学了!"

为什么不来上学呢?在当地最主要的原因是家里孩子多,生活困难,一般家里就不让女孩子上学,提早干活,分担家里的困难,这些我是知道的。那时候,我的心里充满自以为是的悲天悯人的感情和年轻涌动的激情,希望能够帮助这个女孩子,说服她的父母,起码让孩子能够多上几年学,便在没有课的一天下午向这个女孩子家走去。

她是我们队菜地老李头的大女儿。家就住在菜地最边上,在荒原上开出一片地,用拉禾辫盖起的茅草房。那天下午,老李头的女儿正在菜地里帮助他爸爸干活,大老远就看见我,高声冲我叫着:"肖老师!"她从菜地里跑了过来。看着她的身上粘着草,脚上带着泥,一顶破草帽下的脸膛上挂满汗珠,我心里想,这样的活儿,不应是她这样小的年纪的孩子干的呀。

我跟着她走进菜地,找到她爸爸老李头,老李头不善言辞,但很有耐心地听我把劝他女儿继续上学的话砸姜磨蒜地说完,翻来覆去只是对我说:"我也是没有办法呀,家里孩子多,她妈妈又有病。我也是没有办法呀!"她的女儿眼巴巴地望着我,又望着他。一肚子的话都倒干净了,我不知道该再说什么好,竟然出师不利。当地农民强大的生活压力,也许不是我们知青能够想象的,在沉重的生活面前,同情心没有一点分量。

那天下午,我不知道是怎么和老李头分手的。一种上场还没打几个回合就落败下场的感觉,让我很有些挫败感。老李头的女儿一直在后面跟着我,把我送出菜地,我不敢回头看她,觉得有些对不起她。她是一个懂事的小姑娘,她上学晚,想想那一年她有十三四岁的样子吧。走出菜地的时候,她倒是安慰我说:"没关系的,肖老师,在菜地里干活也挺好的。您看,这些土豆开花挺好看的!"

我这才发现,我们刚才走进走出的是土豆地,她身后的那片土豆正在开花。我也才发现,她头上戴着的那顶破草帽上,围着一圈土豆花编织的花环。这是我第一次看到土豆花,那么小,几乎会忽略掉它们。淡蓝色的小花,一串串穗子一样串在一起,一朵朵簇拥在一起,确实挺好看的,但在阳光的炙烤下,像褪色了一样,有些暗淡。我望望她,心想她还是个孩子,居然还有心在意土豆花。

土豆花,从那时候起,不知为什么在我的心里有一种忧郁的色彩,让我总也忘记不了。记得离开北大荒调回北京的那一年夏天,我特意邀上几个朋友到队上的这片土豆地里照了几张照片留念。但是,照片上根本看不清土豆花,它们实在是太小了。

前几年的夏天,我有机会回北大荒,过七星河,直奔我曾经所在的生产队,一眼看见了队上那一片土豆地的土豆正在开花。已经过去几十年了,土豆地还在队上最边的位置上,土豆地外面还是一片萋萋荒草包围的荒原。真让人觉得时光在这里定格。

唯一变化的是土豆地旁的老李头的茅草房早已经拆除，队上新盖的房屋，整齐排列在队部前面的大道两旁。一排白杨树高耸入天，摇响巴掌大的树叶，吹来绿色凉爽的风。我向人打听老李头和他女儿的消息。队上的老人告诉我："老李头还在，但他的女儿已经死了。"我非常惊讶，他女儿的年龄不大呀，怎么这么早就死了呀？他们告诉我，她嫁人后搬到别的队上住，生下两个女儿，都不争气，不好好上学，老早就退学。一个早早嫁人，一个跟着队上一个男孩跑到外面，也不知去干什么，再也没有回过家，把她活活给气死了。

我去看望老李头，他已经病瘫在炕上，呆呆地望着我，没有认出我来。不管别人怎么对他讲，一直到我离开他家，他都没有认出我来。出了他家的房门，我问队上的人，老李头怎么痴呆得这么严重了呀？没去医院瞧瞧吗？队上的人告诉我："什么痴呆，他闺女死了以后，他一直念叨，当初要是听了肖老师的话，让孩子上学就好了，孩子就不兴死了！"他好多天前就听说你要来了，他是不好意思呢！

在土豆地里，我请人帮我拍张照片留念。淡蓝色的、穗状的、细小的土豆花，在这片遥远得几乎到了天边的荒原上的土豆花，多少年来就是这样盛开凋落，关心它们，或者偶尔想起它们的人会有多少呢？

世上描写花的诗文多如牛毛，由于见识浅陋，我没有看过描写土豆花的。一直到1990年代，看到了东北作家迟子建的短篇小说《亲亲土豆》，才算第一次看到了原来还真的有人对不起眼的土豆花情有独钟。在这篇小说的一开头，迟子建就先声夺人用了那么多好听的词描写土豆花,说它"花朵呈穗状,金钟般垂吊着,在星月下泛出迷幻的银灰色。"我从来没见过对土豆花如此美丽的描写。想起在北大荒时,看过土豆花,却没有仔细观察过土豆花,竟然是开着倒挂金钟般穗状的花朵。在我的印象里,土豆花很小,呈细碎的珠串是真的,但没有如金钟般那样醒目。而且,我们队上的土豆花,也不是银灰色的,而是淡蓝色的。现在想一想,我们队上的土豆花的样子,没有迟子建笔下的漂亮,但颜色却要更好看一些。

让我没有想到的是,迟子建说土豆花有香气,而且这种香气是"来自大地的一股经久不衰的芳菲之气"。说实话,在北大荒的土豆地里被土豆花包围的时候,我是从来没有闻到过土豆花有这样不同凡响的香气的。所有的菜蔬之花,都是没有什么香气的,无法和果树上的花香相比。

在这篇小说中,男主人公的老婆种了一辈子土豆,和我一样,说她从来没有闻到过土豆花的香气。但是,男主人公却肯定地说:"谁说土豆花没香味?它那股香味才特别呢,一般时候闻不到,一经闻到就让人忘不掉。"或许,这是真的,我在土豆地,都是在一般的时候,没福气等到过土豆花喷香到来的时候。

看到迟子建小说这里的时候,我突然想起了老李头的女儿,她闻得到土豆花的香气吗?她一定会闻得到的。

2017 年 3 月 8 日写毕于北京

草有时比花漂亮

草有时比花漂亮，这话其实并不准确，因为所有的草应该也是开花的。只不过，它们大多数的花很小，我们几乎看不见，或者基本忽略掉了它们，甚至鄙夷不屑地认为，它们居然还会开花。

我到现在也不知道，花和草，到底谁的历史更长。《诗经》和《楚辞》里，就已经有很多花草的名字出现了，它们的历史大概一般长吧？不过，读白居易的《赋得古原草送别》一诗，草生在古原之上，没听说什么花也是生在古原的。而且，李时珍有《本草纲目》一书，专门为草作传，草还有着那样多治病救人的药用，我便对草平添几分好奇和敬意。

我们这一代在北京四合院里长大的孩子，最早认识最多见到的草，是狗尾巴草。那种草的生命力最顽强，属于给点阳光就灿烂，在大院墙角，只要有一点泥土，就能长得很高，而且是密密地挤在一起，就像我们小时候玩"挤狗屎"的游戏，大家拥挤在一起看谁把谁挤出人堆。夏天，狗尾巴草尖上长出毛茸茸的东西，我不知道是不是它们的花，我们男孩子常常会揪下草尖，将毛茸茸的东西探进女孩子的脖领里，逗得她们大呼小叫。

狗尾巴草，还会爬上房顶，长在鱼鳞瓦之间。那时候，我很奇怪，连接瓦之间的土都已经硬得板结，它们是怎么扎下根的呢？房顶上的狗尾巴草，不能如墙角的草一样长得高，但比墙角的草活得长。到了秋天，一片灰黄，它们依旧摇曳在风前；即使冬天到了，墙角的草早已经没有了踪影，它们还是摇曳在风前，只是少了很多，稀疏零落，像老爷爷下巴上的山羊胡子。

我对我曾经度过童年少年和整个青春期的大院的回忆里，少不了狗尾巴草。大院里，有很多色彩鲜艳芬芳四季的花木，但是，不能少了狗尾巴草，就像我们大院里那位老派的学究的桌前，少不了一盆蒲草。蒲草，是他的清供，自是高雅；狗尾巴草，是我童年的伙伴，是如今老年回忆中少不了的一味解药。

离开大院，我到北大荒待了六年。那六年，说是开垦荒原，所谓荒原，是一片荒草甸子。但是，至今我也没有弄清楚，那一片甩手无边的萋萋荒草，究竟叫什么名字。它们浅可没膝，高可过头，下面有时会是随时可以拉人沉底的沼泽。狂风大作时，它们呼啸如雷，起伏跌宕，摇晃得仿佛天际线都在跟着它们一起摆动。特别是开春时节，积雪化净，干燥的天气里，草甸子常常会突然冒起荒火，烈焰腾空，一直烧到天边。那些草，可谓边塞的豪放派，我们大院里的狗尾草，只能属于婉约派了。

在北大荒时，当地老乡常对我说去打羊草，我不知道荒草甸子的草是不是大多属于羊草，羊草是用来喂牲口的。它大概就是野生的苜蓿草，在北大荒很多，但一般不会生长在沼泽地里。那些生长在沼泽地里的荒草，很长，很粗，韧性很强，不容易扯断。当地的老乡和我们知青的住房，都是用这种草和上泥，拧成拉禾辫盖成的。草房盖起来，再在房子的里外抹上一层泥，房顶上苫上一层。别看是草房，冬天却很保暖，荒原上的荒草，居然派上这样大的用场。当年在北大荒的时候，并没有觉得什么，现在，看到公园里修建得平整如茵茵地毯一样的草坪，再想起它们，贫寒的它们，没有草坪的贵族气息，却更接地气，曾经温暖过我整个的青春。

在北大荒，我见过最多的草，一种是乌拉草，一种是萱草。乌拉草号称北大荒三件宝（貂皮、人参、乌拉草）之一。传说冬天将它们絮在鞋子里，可以保暖。有一年，我棉鞋的胶皮底有些漏，雪水渗进去，很冷，絮上乌拉草，别说，还真管用，帮我抵挡了一冬的严寒。

夏天的时候，成片成片的萱草开着黄色的喇叭花，花瓣硕大，明艳照人。当时，我们都叫它们黄花菜，在它们还没有绽开花瓣的时候，赶紧摘下来，晾干，就是我们吃打卤面时放的黄花菜，成了北大荒的特产。那时候，我是把它们当作花的，从来没有认为是草。但它们确实是草。

现在想来，萱草应该属于草里的贵族了。草里面开那么大那么长花朵的，我还真的没有见过。后来，读孟郊诗"萱草生堂阶，游子行天涯。慈母倚堂前，不见萱草花"，想起年轻时北大荒的萱草，不禁心生感喟。我看见的是成片成片壮观的萱草花，母亲却看不见，但母亲的堂前明明也是有萱草花在开着呀，因为母亲望着的是天边久不归家的儿子。对于萱草，我不再认为属于贵族，而属于亲情。

属于贵族的草，如今大概是薰衣草了。不知从何时起，薰衣草在我国成了贵族，大片引进种植。普罗旺斯成为它贵族的族谱和背景，媚外的心理总是有适合它们生长的土壤，都说移花接木，其实也可以移草连心。

去年，我去密云一家由台湾人投资开辟的山地公园。吸引众多人前往的,是那里的一片薰衣草。拍照的人,一拨紧接一拨,成了流水的兵,薰衣草成了铁打的营盘,被宠爱有加。不仅如此,还被制成薰衣草口味的冰激凌,在那里专卖。

今年,我去广东新会,在巴金写过的"小鸟的天堂"前,有一片跟薰衣草一样紫色的园地,很多人呼叫着薰衣草像呼叫着情人的名字一样,奔向前去拍照。拍完照后,才发现草地前立有一块小木牌,上面写着"鼠尾草"。鼠尾草同薰衣草像是双胞胎姊妹,长得很像,却只能是薰衣草的替身。如果薰衣草是属于草中的贵族,鼠尾草大概属于平民了,因为它们很常见,几乎在所有的公园里都能够见到。

就像在一般人眼里,花要比草高级,草中也确实是有这种贵贱之分的,在我国古代就早已有草芥之说。这不过是人群的社会学划分在花草中的折射而已。看苏联作家帕乌斯托夫斯基在他的《一生的故事》一书中,把苜蓿草说成是草中的灰姑娘。苜蓿草,就是我们北大荒司空见惯的羊草,岁岁枯荣,任人践踏。同样是草,只能喂牲口,不能如萱草一样给人吃,更不能如薰衣草一样为人作拍照的背景,甚至可以制成冰激凌吃。大自然中,如这样卑微的草有很多,多得我根本叫不上它们的名字。

我很惭愧,能够叫得上名字的草,即使不是如薰衣草一样出自洋门或名门,也都大多有些来头或说头。有时候会想,我就像一个势利鬼,不可救药地狗眼看草低。

我最早认出以前没见过却在书中早就听说的草,是酢浆草,是那种长着紫色叶子开着浅紫色小花的酢浆草。我认识了它并记住了它,其实不仅是因为它的五瓣小花漂亮如小小的五角星,三角形的叶子像蝴蝶的翅膀,而是因为它的名字,有点洋气,我便觉得有点不同寻常。其实,就是虚荣心作怪。我才发现,我们人对花草的认识，来自心里的根深蒂固的潜意识。所有关于草的高低贵贱，都来自我们对社会对人生对文学对艺术浅薄的认知。

还有一种草，我也是早在少年读书时就看到过，但一直没有见过，是猪笼草。这种草，可以吃虫子，很有意思。一直到十几年前，我去新加坡，参观植物园，才第一次见到猪笼草。有大有小，长着长圆形的口，像嘴巴一样伸着，姜太公钓鱼一般，坐等着虫子上钩。在植物园的小卖部里，有卖猪笼草的，将它密封进一个水晶玻璃中，很是好看。我买了一个带回家，算是圆了一个少年时候的梦，不该算是我的嫌贫爱富。

另外有一种草，也不能算是我嫌贫爱富，而是我心里一直残存的一点梦想和想象。它叫作书带草，其实就是麦冬草。这种草，很常见，并不是多么名贵的草。但是，也是在书中认识了它，而且在书中还知道了关于它的传说，说它和书生读书或抄书相关，后来又读到一副联：庭下已生书带草，袖中知有钱塘湖。便对它充满想象。更重要的，是1970年代末和1990年代末，以及2009年，我三次去扬州，拜谒史可法墓，都在祠堂前看到了青青的书带草，爬满阶前和甬道两旁。在我的眼里，它们是史可法的守护神，虽然柔细弱小，却集合如阵，簇拥在祠堂前，也簇拥在史可法墓前。那些书带草，让我难忘，总会让我想起与史可法一样的英雄文天祥的《正气歌》，便觉得这一片青青的书带草，应该叫作正气草。

2017年10月30日于北京

地平线,遥远的地平线

在城市,已经看不到地平线。被高楼大厦遮挡,地平线在遥远的天边。地平线,对于人们似乎可有可无,没有什么价值和意义。

有时候,我会想,地平线,真的对于我们没有什么价值和意义吗?如果说有,它的价值和意义,在哪里呢?我说不清。我们现在所说的价值和意义,都是有非常明确的指向,大到历史与文化,小到每平方米建筑面积,以至于更小到柴米油盐。地平线,看到看不到,不当吃不当穿的,又有什么关系呢?

是,关系不大。但不能说一点关系都没有。

我地平线看得最多的时候,在北大荒。几乎每天都可以看到。无论出工到田野,或者垦荒到荒原,或者收秋在场院,都可以看到遥远的地平线,连接着田野荒原的尽头,和天边紧紧镶嵌在一起。天气好的时候,地和天相连的那一线,是笔直的,是阔大的,像天和地在亲密地接吻。天气不好的时候,那一线的衔接是灰色的,是暗淡的,即使雷雨天,地平线有惊鸿一瞥的电闪,它也是平静的,安稳地等着电闪雷鸣消失,看不出它一点的情绪波动。这便是大自然，真正的宠辱不惊，不会像我们人一样，踩着尾巴，头就会跟着摇晃，大惊小怪，或失魂落魄。

早晨和黄昏时候的地平线最为漂亮。有晨曦和晚霞，有朝阳和落日，地平线的色彩格外灿烂。而且，天空中呈现出的所有灿烂，都是从那里升起，在那里落幕的。有一年的麦收，我们打夜班，连夜把地里的麦子抢收，拉回到场院里来。坐在铺满金色麦秸的马车上，迎着东方走，看见了地平线是怎么样一点点由暗变青，怎么样由鱼肚白变成了玫瑰红，那一刻的地平线，真的是诗情浓郁，像是变化万千的舞台，上演着魔术般的童话。

1974年的初春，我离开北大荒，队上派了辆牛车送我到农场的场部，赶车的是我的中学同学。黄昏时分，春雪还未化尽，牛车嘎嘎悠悠走得很慢，似乎依依不舍。我不住地回头看着生活了整整六年的二队，忽然看见一轮橙红色的灯笼一样巨大的落日，在以很快的速度下沉，一直沉落在地平线之外，光芒还弥散在四围。我生活了六年的二队，就在这一片金黄色和橙红色的光晕包围之中。第一次感到，地平线离我竟是那样近，近得那样亲。

第二天早晨，天气忽然变了，细碎的雪花飘飘洒洒起来。那一天，我的女朋友送我上了一辆敞篷的解放牌大卡车的后车兜里。分手在即，不知未来，来不及缠绵悱恻，甚至连挥一下手都没有来得及，车子已经驶动，而且，吃凉不管酸地越开越快。很快，她的身影变小，和地平线融在一起。春雪似乎排着整齐的队伍，从地平线一点点飘曳过来。我看见，她顶着雪花在跑，一点一点，变成了一片小雪花，淹没在茫茫的雪原之中。地平线，似乎在我的周围，像一个圆圈，又像如来佛的一只巨手，紧紧围裹着我，寒冷而凄切，不动声色，又幽深莫测。

离开了北大荒，回到了北京，我再也没有看见过这样开阔这样让我感慨又难忘的地平线。

再一次和地平线邂逅，是几十年之后，在遥远的戈壁滩。那一年的夏天，我去青海柴达木盆地的西部，寻访阿吉老人之墓。老人是乌孜别克族，是第一位带领勘探队到青海寻找石油的向导。墓地在尕斯库勒湖畔，湖水全部来自昆仑山和阿尔金山融化的雪水，真的清澈如泪。湖水的尽头，便是地平线。站在湖边，遥望地平线，如同看大海和天相连，水天荡漾，天如水，水如天，同在别处有不一样的感觉。

几十年前，一群和我年龄差不多的北京学生，也曾经来到这里。那时候，讲究"上山下乡"，他们支援"三线建设"，来到这里当石油工人。他们和我们一样，也是到这里来寻访阿吉老人。他们和我一样，也是站在尕斯库勒湖边，被那水天相连的地平线所吸引。和我不一样的是，他们竟然脱下鞋，挽起裤腿，走进湖水之中，向着那遥远的地平线走去。在那个时代，我们这一代年轻人身上膨胀着很多激情，便毫不犹豫地泼洒出最宝贵的青春。这一群年轻人被地平线所诱惑。他们无一幸免地被地平线所吞没，全部沉没于尕斯库勒湖中。

想起这一切，地平线，给予我的感觉，竟是那样复杂，一言难尽。

前些天，看到一篇文章，介绍画家何多苓的近况。何多苓年龄和我们这一代人差不多，经历过同样的岁月颠簸。谈到最近的画作，他说，以前风景画中要有地平线，必须要用地平线体现一种诗意。他说，现在，不会了，不必怀念年轻的自己，现在，他会更自由地画。

他的这番说辞，肯定有他历经沧桑之后的感悟和况味。我想起他的那幅有名的《春风已经苏醒》。记得刚粉碎"四人帮"不久，在美术馆看到这幅油画的时候，我很感动。那种忧郁的调子，那种迷茫又充满渴望的情感，那种时代交替之际的隐喻，觉得和同样出自四川的画家罗中立的那幅名画《父亲》，决然不同。画中那个坐在草地上、咬着手指的小姑娘，望着画面之外的什么地方。什么地方呢？是遥远的地平线。

　　无论我们经历了多少苦难，迷茫，失落，无论我们付出了多少青春与生命的代价，还是要相信，地平线是存在的。哪怕它在画面之外。

2018 年 11 月 25 日于北京

远航归来

不知为什么，最近一些日子，总想起王老师。王老师，是我的小学老师，虽然已经过去了整整六十年，我还清楚记得他的名字叫王继皋。

王老师是我们班语文课的代课老师。那时候，我们的语文任课老师病了，学校找他来代课。他第一次出现在教室门口，引起全班同学好奇的目光，聚光灯一样集中在他的身上。他梳着一个油光锃亮并高耸起来的分头，身穿着笔挺的西装裤子，白衬衣塞在裤子里面，很精神的打扮。关键是脚上穿着的那双皮鞋格外扎眼，古铜色，鳄鱼皮，镂空，露着好多花纹编织的眼儿。

从此，王老师在我们学校以时髦而著称，常引来一些老师的侧目，尤其是那些老派的老师不大满意，私下里议论："校长怎么把这样一个老师给弄进学校来，这不是误人子弟吗？"

显然，校长很喜欢王老师，因为他有才华。王老师确实有才华。王老师的语文课，和我们原来语文老师教课最大的不同，是每一节课都要留下十多分钟的时间，他为我们朗读一段课外书。这些书，都是他事先准备好带来的，他从书中摘出一段，读给我们听。书中的内容，我都记不清楚了，但每一次读，都让我入迷。这些和语文课本不一样的内容，带给我很多新鲜的感觉，让我想入非非，充满好奇和向往。

不知别的同学感觉如何，我听他朗读，总觉得像是从电台里传出来的声音，经过了电波的作用，有种奇异的效果。那时候，电台里常有小说连播和广播剧，我觉得他的声音，有些像电台广播里常出现的董行佶。爱屋及乌吧，好长一阵子，我喜欢听人艺演员董行佶的朗诵。私底下，模仿着王老师的声音，也学着朗诵。有一次，参加学校组织的朗诵比赛，我选了一首袁鹰写的《密西西比河，有一个黑人的孩子被杀死了》，班主任老师找王老师指导我。他很高兴，那天放学后在教室里，一遍一遍辅导我。离开校园，天都黑了，满天星星在头顶怒放，感觉是那样美好。我喜欢文学，很大一方面，应该多亏了王老师教给我的这些朗诵。

王老师朗读的声音非常好听，他的嗓音略带沙哑，用现在的话说，是带有磁性。而且，他朗读的时候，非常投入，不管底下的学生有什么反应，他都沉浸其中，声情并茂，忘乎所以。有时候，同学们听得入迷，教室里安静得很，他的声音在教室里水波一样有韵律地荡漾。有时候，同学们听不大懂，有调皮的同学开始不安分，故意出怪声，或成心把铅笔盒弄掉到地上。他依旧朗读他的，沉浸在书中的世界，也是他自己的世界里。

王老师的板书很好看，起码对于我来说，是见到的字写得最好看的一位老师。他头一天给我们上课，介绍自己的名字的时候，转身用粉笔在黑板上写下了"王继皋"三个大字，我就觉得特别好看。我不懂书法，只觉得他的字写出来既不是那种龙飞凤舞的样子，也不是教我大字课的老师那种毛笔楷书一本正经的样子，而是秀气中带有点潇洒劲儿。我从没有描过红模子，也从来没有模仿过谁的字，但是，不知不觉模仿起王老师的字来了。起初，上课记笔记，看着他在黑板上写字，我照葫芦画瓢写。后来，渐渐形成了习惯，写作文，记日记，都不自觉学习王老师写字的样子。这个习惯，一直延续到我读中学，即使到现在，我的字里面，依然抹不去王老师的字的影子。这真是件非常奇怪的事情，一个人对你的影响，竟然可以通过字绵延那么长的时间。

不仅字写得好看，王老师人长得也好看。我一直觉得他有些像当时的电影明星冯喆。那时候，刚看完《南征北战》，觉得特别像，还跟同学说过，他们都不住点头，也说是像，真像。后来，我又看了《羊城暗哨》和《桃花扇》，更觉得他和冯喆实在是太像了。这一发现，让我心里暗暗有些激动，特别想对王老师讲，但没有敢讲。当时，年龄太小，觉得王老师很大，师道尊严，拉开了距离。其实，现在想想，王老师当时的年龄并不大，撑死了，也不到三十。

王老师给我留下最深的印象，是好几次讲完课文后留下来的那十多分钟，他没有给我们读课外书，而是教我们唱歌。他自己先把歌给我们唱一遍，唱得真是十分好听，比教我们音乐课的老师唱得好听多了。沙哑的嗓音，显得格外浑厚，他唱得充满深情。全班同学听他唱歌，比听他朗诵要专注，就是那几个平时调皮捣蛋的同学，也抱着脑袋听得入迷。

不知道别的同学是否还记得，我到现在记忆犹新。王老师教我们唱的歌叫作《远航归来》。我到现在还清楚记得那里面的每一句歌词：

祖国的河山遥遥在望
祖国的炊烟招手唤儿郎
啦啦啦啦啦啦啦
招手唤儿郎
秀丽的海岸绵延万里
银色的浪花也叫人感到亲切甜香
祖国,我们远航归来了
祖国,我们的亲娘
当我们回到你的怀抱
火热的心又飞向海洋
…………

这首歌不是儿童歌曲,但抒情的味道很浓,我们很喜欢唱,好像唱大人唱的歌,我们也长大了好多。全班一起合唱的响亮声音,传出教室,引来好多老师,都奇怪怎么语文课唱起歌来了。

一连好几次的语文课上,王老师都带我们唱这首歌,每一次唱得我都很激动,仿佛真的像一名水兵远航归来,尽管那时我连海都没有见过,却觉得银色的浪花和秀丽的海岸就在身边。我也发现,每一次唱这首歌的时候,王老师比我还要激动,眼睛亮亮的,好像在看好远好远的地方。

没有想到,王老师教完我们这首歌不几天,就离开了学校。那时候,我还天真地想,王老师教课这么受我们学生欢迎,校长又那么喜欢他,兴许时间一长,他就可以留在学校里,当一名正式的老师。

我们的语文任课老师病好了,重新回来教我们。我当时心想，他的病怎么这么快就好了呢？王老师在课上，没有说一句告别的话，甚至连他就要不教我们的意思都没有流露，就和我们任课老师完成了交接班的程序。甚至根本不需要什么程序，像一阵风吹来了，又吹过去了，了无痕迹。那一天语文课，忽然看见站在教室门前的是我们的任课老师，不再是王老师，心里忽然像是被闪了一下，有点怅然若失。

当然，那时，我们所有的同学都还是孩子，王老师没有必要将他的人生感喟对我们讲。我总会想，王老师那么富有才华，为什么只是一名代课老师呢？短暂的代课时间之后，他又会去做什么呢？当时，我还太小，无法想象，也没有什么为王老师担忧的，只是觉得有些遗憾。但是，时过境迁之后，体验到一些世事沧桑和人生况味，对王老师的想象在膨胀，便对王老师越发怀念。

整整六十年过去了，这首《远航归来》，还常常会在耳边回荡。这首歌，几乎成了我的少年之歌，成了王老师留在我脑海中难忘而带有特殊旋律的定格。

长大以后，读苏轼那首有名的诗："人生到处知何似，应似飞鸿踏雪泥。泥上偶然留指爪，鸿飞那复计东西。"会想起王老师。他教我不到一学期，时间很短，留下的印象却深。鸿飞不知东西，但雪泥留下的指爪印痕，却是一辈子抹不掉的，这便是一名好老师留给孩子的记忆，更是对孩子的影响和作用。

我以为我不会再见到王老师了。没有想到，初三毕业的那年暑假，我到新认识不久的一个高三的师哥家，竟然意外见到了王老师。

他家离我家不远，是一个三进三出的大四合院。那时，学校有一块墙报叫《百花》，每月两期，上面贴有老师和学生写的文章，我这位师哥的文章格外吸引我，成为我崇拜的偶像。我到他家,是他答应借书给我看。记得那天他借给我的是李青崖译的上下两册《莫泊桑短篇小说选》。他向我说起了王老师的事情,因为出身于资本家家庭,王老师没有考上大学,以为是考试成绩不够,他不服气,又一连考了两年,都以失败告终。不仅没有考上大学,出身不好,又好打扮,便也没被分配工作,他只能靠临时打工谋生,最后,家里几番求人颠簸,好不容易分到南口农场当了一名农场工人。然后,师哥又对我说,他喜欢文学,也是受到了王老师的影响。

我见到王老师的时候,他正坐在一个小马扎上,在他家的门前一片猩红色的西番莲花丛旁乘凉。我一眼认出他来,走上前去,叫了一声:"王老师!"他眨着迷惑不解的眼睛,显然没有认出我来。我进一步解释:"您忘了?第三中心小学,您代课,教我们语文?"他想起来了,从小马扎上站起来,和我握手。我才发现,他是挂着一个拐杖站起身来的。我师哥对我说,是在农场山上挖坑种苹果树的时候,石头滚下来,砸断了腿。王老师摆摆手,对我说:"没事,快好了。"

那一刻,小学往事,一下子兜上心头,我好像有一肚子话要说,却什么也说不出来。他看见我手里拿着的书,问我:"看莫泊桑呢?"我答非所问地说:"我还记得您教我们唱的《远航归来》呢。"他忽然仰头笑了起来。我们就这样告别了。那以后,我好久都不明白,说起《远航归来》,他为什么要那样笑。我只记得,他笑罢之后,随手摘下了一片身边西番莲的花瓣,在手心里揉碎,然后丢在地上。

2019 年 4 月 9 日于北京细雨中

窗上的哈气

在我们大院里,小玉也应该算是我的朋友,如果算作女朋友的话,小玉是我人生的第一个女朋友。尽管我知道她是不会承认的。

小玉的爸爸开一个早点摊,他炸的油条在我们那一条街上有名。她爸爸个子不高,小玉却长着一双大长腿,小学五年级时,个子已经超过她爸,被选入业余体校练短跑。

我和小玉的关系一直不错,从小学三年级到六年级,我们两人都是同桌。那时,我的学习成绩一直很好,特别是四年级有了作文课,我的作文常常被老师拿来当作范文,在全班同学面前宣讲,可能是这一点吧,我看得出来,她挺佩服我的。

但是,那时候,我特别贪玩,爱打乒乓球,爱打篮球,爱踢足球。五年级那个冬天,我在学校里踢球踢破了教室的玻璃,老师找家长,吓得我没敢回家,大半夜了还在大街上转悠,饿得够呛。做梦也没有想到,小玉突然出现在我的面前。小玉拉着我先到前门的夜宵店吃了一大碗馄饨、几个火烧,可能看我狼吞虎咽的劲儿,她忍不住直笑,笑得我有点不好意思。

小玉发现了，说："你快吃吧，我不看你了！"便自己对着玻璃窗吹着哈气，用细长细长的小手，在哈气上画着小猫小狗的图案。画得可滑稽了，她吹着哈气的样子也滑稽得很，鼓着小嘴像小鱼，逗得我一时忘了自己惹的祸，忍不住望着玻璃窗笑。小玉便也笑，我们两个人都咯咯笑起来，此起彼伏，惹得四周的人都不住看我们，看玻璃窗上的哈气。

然后，小玉陪我回家，要不然，那一晚上我肯定挨上爸爸的鞋底子了。可是，小玉却为此挨了她父亲游叔的一顿骂。

那晚上的事，一直到现在记忆犹新。小学时的友情，纯真得像婴儿的眼泪一样透明。

上中学之后，我和小玉不怎么常见面。小学时候短暂的友谊，又像一支烟花只有瞬间的光亮明眼。

我考入了一所男校，她考入一所女校。特别是她加入业余体校之后，放了学就去体校训练，寒暑假还要集训，我们见面的机会就更少了。在我的印象中，上小学的时候，小玉的个子虽然已经不矮，但真正蹿起个头来，是上了中学之后，仿佛女生中学的大门有着无比神奇的魔力，让她一夜"恨不高千尺"地蹿个子，上初一的时候，她已经高过我小半头了。

大概是初三有一天放学，鬼使神差，我乘坐23路汽车回家，因为一般我是坐8路汽车回家的，23路在我们学校的后面，走的路长点。大概是想去找我的发小儿黄德智，坐23路到他家近便，反正我是去坐23路。23路路过一站，离小玉的学校不远，她们学校的学生放学，在这站上车。她们学校在这里候车的学生黑压压的，很多，车门打开，这帮疯丫头蜂拥上车，劲头一点不比男生差。

从后车窗我看见一个人影闪出校门，拼命朝着车站跑了过来，显然是想追上这辆车。可是，车停靠的时间，就是人上人下一会儿的工夫，时间很短，是不会等人的，况且，人离车有几十米的距离，那么远，司机从反光镜里根本看不见。我以为这个人肯定追不上车了。谁想到，一眨眼的工夫，人跑得像一阵风似的，人影越跑越大，越跑越近，就在车门要关上的那一刹那，人已经扶着车门，一个箭步跨进车厢。我这才看清，原来是小玉，我第一次见识了她跑步的速度。

　　那天，我们两人难得一起同路回家。黄德智家，我也不去了。路上，我和她东一句西一句地闲聊。她告诉我她现在一门心思就是练跑，她已经是三级运动员了，如果能够练到二级，她就能够进北京市的专业运动队，不仅再不用自己花钱买回力牌的球鞋了，还可以吃住在先农坛，彻底离开家。她早闻腻了每天炸油条的味道了。这最后一句话她没说，但是，我猜得出是她心里的潜台词。

　　我忽然对她说起五年级那个冬天我踢球把教室的玻璃踢碎的事情，她睁大一双眼睛问我："有这样的事情吗？你学习那么好，又那么老实听话的一个好学生，能干出这样的事来吗？"我又说起那天晚上，她带我到夜宵店，她在夜宵店的窗户玻璃上吹哈气的事情，她摇摇头，更是不记得了。

2019 年 4 月改毕于北京

发小儿就是那把老红木椅子

发小儿，是地道的北京话，特别是后面的尾音"儿"，透着亲切的劲儿，只可意会。发小儿，指从小在一起的小学同学。但是，发小儿比起同学来说，更多了一层友谊的意思在内。也就是说，同学之间，可能只是同过学而已，没有那么多的交情可言；而发小儿是在摸爬滚打一起长大的年月中积累了深厚友谊的。比起一般朋友而言，发小儿又多了悠长时光的浸透，因为很多朋友，没有如发小儿那般，从童年到老年共同度过那样漫长的时间。从这一点讲，发小儿和你在一起的时间，可能会比你和父母、和妻子孩子在一起的时间还要长久。

正是因为有了时间这样的维度，童年的友谊，虽然天真幼稚，却也最牢靠，如同老红木椅子，年头再老，也那么结实，耐磨耐碰，漆色总还是那么鲜亮如昨，而且，有了岁月打磨过的厚重包浆，看着亮眼，摸着光滑，使着牢靠。经年之后，发小儿就是那把老红木椅子。

黄德智就是这样的一个发小儿，不能和一般的小学同学同日而语。小学同学有很多，可以称之为发小儿的，只能有一位或两位。我和黄德智从小一起长大，有六十多年的友谊。小时候，他家境殷实，住处宽敞，住在前门外草厂三条一个独门独户的小四合院里。在整条胡同里，那是非常漂亮的一个院子，大门的门楣上有镂空带花的砖雕，大门上有一副精美的门联：林花经雨香犹在，芳草留人意自闲。虽然看不大懂，但觉得词很华丽。

我家住西打磨厂，离他不远，穿过墙缝胡同就到。为了方便小学生放学后写作业时互相监督，老师把就近住的学生分配到一个学习小组，我和黄德智在一个小组，学习的地方就在他家，学习小组的组长，老师就指定他当。几乎每天放学之后，我都要上他家写作业，顺便一起疯玩。天棚鱼缸石榴树，他家样样东西都足够让我新奇。我第一次有了这样的感觉，同样都是过日子，各家的日子是不一样的。

到他们家那么多次，我从来没有见过他的爸爸，可能他爸爸一直在外面忙工作吧。每一次，出来迎接我们的都是他的妈妈。他妈妈长得娇小玲珑，面容姣好，皮肤尤其白皙，像剥了壳的鸡蛋。后来，我知道了，她是旗人，当年也是个格格呢。她没有工作，料理家里的一切。她说一口地道的北京话，很和蔼客气，看我们一帮小孩子在院子里疯跑，没有什么不耐烦，相反，夏天的时候，还给我们酸梅汤喝。那是我第一次喝酸梅汤，是她自己熬制，酸梅汤里放了好多桂花，上面还浮着一层碎冰碴儿，非常凉爽，好喝。

黄德智长得没有他妈妈好看，但是，和他妈妈一样白皙。和我们这些爱好玩闹的男孩子不大一样，他好静不好动。他没有别的爱好，就是喜欢练书法，这是他从小的爱好。他家有一个老式的大书桌，大概是红木的，反正我也不认识，只觉得油漆很亮，像涂了一层油似的，即使阴天里也有反光。

那是我第一次见到书桌，因为我家只有一个饭桌，吃饭写作业都在这个饭桌上。他家的书桌上常摆放着文房四宝，还有那么多支大小不一的毛笔悬挂在笔架上，也是我第一次见到。每一次写完作业，我们这些同学回家，可以在街上疯跑，或踢球打蛋，或去小人书铺借书看，他不能出来，他被他那个长得秀气的妈妈留在屋子里，拿起毛笔写他的书法。

在学校里，黄德智不爱说话，默默的，像一只躲在树叶后面的麻雀，不显山不显水。但他的毛笔字常常得到教我们大字课的老师的表扬，这是最让他露脸的时候，我特别为他感到骄傲。我的大字写得很一般，他曾经送过我一支毛笔和一本颜真卿的字帖，让我照着字帖写，他对我说，他很小就开始临帖了。

有一次，在少年宫举办全区中小学生书法展览，他写的一幅书法在那里展览了。我记得很清楚，是很大的一幅横幅，用楷书写的六个大字：风景这边独好。展览开幕那天，我和他一起去少年宫，其实，我不懂书法，对书法也没有什么兴趣，黄德智送我的那支毛笔和那本字帖，我根本就没有动过。但是，有黄德智的书法在那里展览，我当然要去捧场。所以，去那里，主要是看黄德智那六个楷书大字。

那天的展览，除了我，我们班上的同学一个也没有去，常到他家写作业的学习小组里的人，一个也没有去。我挺不高兴的，替黄德智愤愤不平。他却说："你来了，就挺好的了！"这话，让我听后挺感动，我知道，这就是我和他发小儿之间的友谊。

看完展览回去的路上，天上忽然下起雨来，开始雨不大，谁想不一会儿工夫，雨越下越大，我们两人谁也不想找个地方躲雨，一直往前跑。少年宫在芦草园，靠近草厂三条南口，便都觉得离黄德智家不远了，想赶紧跑到他家再说。但是，就这样不远的路，跑到他家的时候，我们都已经被淋得浑身湿透，像落汤鸡了。

他妈妈看见我们两人狼狈的样子，忙去找来黄德智的衣服，非让我换上不可。然后，又跑到厨房去熬红糖姜汤水，热腾腾的汤水端上来，让我们一口不剩地喝光。

雨停了下来，我穿着黄德智的衣服走出他家的大门，黄德智送我到了胡同口，我又想起了刚才喝的那碗红糖姜汤水，问他："都说红糖水是给生孩子的妈妈喝的，你妈妈怎么给咱们喝这个呀？"他笑着说："谁告诉你红糖水只能是生孩子的妈妈喝？"我们两人都忍不住咯咯笑起来。我从来没有看到他这样开心地笑呢。

高中毕业，我去了北大荒插队，黄德智留在北京肉联厂炸丸子，一口足有一间小屋子那么大的大锅，哪吒闹海一般翻滚着沸腾的丸子，是他每天要对付的活儿。我回来探亲的时候到肉联厂找他，指着这一锅丸子说："你多美呀，天天能吃炸丸子！"他说："美？天天闻这味，我都想吐。"

可是，他一直坚持练书法，始终没有放弃。

我从北大荒刚调回北京那年，跑到他家找他叙旧，他确实没有放弃，白天炸他的丸子，晚上练他的书法。没过几天，他抱着厚厚一摞书来到我家，说是送我的，我打开一看，是人民文学出版社1957年版的十卷本《鲁迅全集》。他说，路过前门旧书店看到的，想我喜欢读书，喜欢写作，就买下了。我问他多少钱，他说22元。那时候，他每月的工资才40多元，我刚要说话，他马上又对我说:"接着写你的东西,别放弃!"

如今,黄德智已经成为一名不错的书法家,他的作品获过不少的奖,陈列在展室里,悬挂在牌匾上,印制在画册中。前几年,黄德智乔迁新居,我去他新家为他温居。奇怪的是,在他的房间里没有看见他的书法作品,我问他,他说觉得自己的字还不行。他的作品一包包卷起来都打成捆,从柜子的顶部一直挤满到了房顶。他打开他的柜子,所有的柜门里挤满了他用过的毛笔。打开一个个盛放毛笔的盒子,一支支用秃的笔堆在一起,如同一座小山。他说起那些笔里面的沧桑,胜似他的作品,就如同树下的根,比不上枝头的花叶漂亮,却是树的生命所系,日子和回忆盘根错节着。其中一段,属于我和他的小学回忆。

一个人,经历了人生种种,会有很多回忆,但发小儿这一段回忆,无与伦比。我说过,发小儿就是那把老红木椅子。一个人,如果老了之后,还能和一个或几个发小儿保持联系,是极其难得的。哪怕你老得走不动道了,有发小儿在,你就有了一把这样的结实可靠的老红木椅子,可以安心舒心地靠靠,聊聊天,品品茶,还可以品出人生别样的滋味。

2019 年 8 月写于北京

辑三

水果之香

林荫路

世上的路有许多。平坦的大道、花开的小路、鹅卵石铺就的曲径、霓虹灯闪烁的商街……都无法与林荫路相比。

林荫路,阳光被树叶滤过就是绿色的;月光被树叶吹拂着是摇曳的;风吹进来,夹有树木和泥土的清新;而且,还会有鸟鸣、啁啾的歌唱,和林子一起遮挡住人世的喧嚣和纷扰。

林荫路,是大自然为繁华却也嘈杂的城市专门创造的清洗带。

常想起林荫路。因为在我们城市,高楼大厦和立交桥建得越来越豪华,这样的林荫路却越来越被忽略,甚至破坏。

林荫路,便越发让人向往。能在这样幽静而没有市声沸腾的林荫路上散步,已经是我们一个过于奢侈的梦。

达尔文晚年居住的汤恩家旁,有一条林荫路,两边长满茂密的桦树、黄杨和橡树,浓荫匝地,清新宜人。这条林荫路,被达尔文自己称为"散步道",他每日都要走上好几个来回,背后跟着他那条叫波里的忠实的狗。这时的达尔文充满童趣,他要在林荫路上堆起一堆石子,每走一次踢走一块石子,一直到走累为止。如果孩子在时（达尔文曾有6男4女10个孩子），他会和孩子一起玩耍，解答孩子提出的问题，林荫路上飘散着欢快的笑声。如果是他独自一人，他通常要观察这里的鸟和其他小动物，小松鼠会毫不犹豫地跳到他的身上，急得树上的母松鼠吱吱乱叫。有时候，达尔文还能看见狐狸依在树下打盹，林荫路上弥漫着童话的色彩。

卢梭晚年虽然孤独凄清，巴黎郊外的林荫路却曾陪伴他8年的时间，他经常在林荫路上散步。罗曼·罗兰说他"像一只衰老的、悲鸣的夜莺在寂寥的林中发出低低的奏唱"。林荫路，给他安慰，让他缅怀，令他沉思绵绵、遐想悠悠。如果没有林荫路上的散步，他不会写下那本有名的《一个孤独的散步者的遐想》，他悲鸣的奏唱也变不成深邃的文字。

林荫路，给了卢梭人们所不能给予他的欢乐，还在于他能够在林荫路附近的田野和树林采集到他晚年钟爱的标本。这种植物标本的采集，这种林荫路与生命的追随，一直到卢梭逝世为止。在上述的那本书中，他曾这样写道："1776年10月24日星期四，午饭后，我沿着林荫路径直走到谢曼韦街……"他意外发现了极为罕见的开着黄花的毛莲菜、镰叶柴胡，和开着白花的水生卷耳草，他竟独自一人"在那儿乐了好一阵子"。还是在这本书中，他写道："我只有在忘掉自己时才更韵味无穷地进行默思和遐想，并感到那莫可名状的欣悦和陶醉，可以说，我融化到万物的体系之中，与整个大自然浑然一体了。"

达尔文的"散步道"，我没有去过，只能想象着它的幽深和静谧。巴黎的郊外，我是去过的，那宽阔而浓郁的林荫道，确实令人神往，不知哪一片是当年卢梭曾经漫步的林荫路？那一条条林荫路,一直通向芬芳的原野和遥远的地平线。真希望能够踏上去,寻找回那种感情、沉思和遐想。想想,有些伤感,恐怕那只是一个早已逝去或遥不可及的梦了。

不过,再想想,也并不全是。只要有树,只要有路,它们婚配在一起,林荫路就不会消失,就不会被达尔文和卢梭独享。

如今,还能够找到达尔文和卢梭曾走过的这样美妙的林荫路吗?还能够看得到小松鼠和红狐狸吗?还能够看得到毛莲菜和卷耳草吗?还能够找到那种弥漫的童话的色彩吗?还能够找到那种与大自然浑然一体的感觉吗?

那一年春天在青岛八大关,一条林荫路上樱花如雪盛开,林荫路上仿佛能静得听见花瓣落地的声音。一对披戴婚服婚纱的新郎新娘,正向林荫深处走去,突然,新郎一把抱起新娘,林荫路送他们一树树花影摇曳,路的尽头就是大海。在什么地方能比在这里举行婚礼更动人呢?这里每棵树都是他们的伴郎和伴娘,这里的每朵花都为他们祝福祈愿。

那一年夏天,我到西班牙的巴塞罗那,在蒙锥克山上,我遇到一群唱歌的孩子,其中一个女孩子拉着手风琴,其他孩子尽情地唱,旁若无人,摇头摆尾,像一群快乐的小鸟。林荫路上几乎没有什么人,静悄悄,绿茵浓得像一潭深深的湖水。这群孩子不为什么人而唱,也不是为找个安静的地方来排练。我不知道他们为什么非要跑到林荫路上来唱不可,但还有什么别的地方比这里更让人感动呢?盘山道通向山顶,浓荫滴下回声,我虽然听不懂一句歌词,却被他们的歌声感动,悄悄绕开他们走去,不忍心惊动他们。

林荫路的美在于它能够给我们带来童话般的色彩，以及与大自然浑然一体的感觉，青岛和巴塞罗那的林荫路，恐怕就是这样的吧。这样漂亮的林荫路，如今还能够找得到吗？

1995年国庆节前夕于北京

忽然想起了棉花

如今,在城里已经很少能见到棉花了。

这想法,是在偶然间一闪而过的。闪过之后,我有些吃惊。人真的可以不需要棉花了吗?城市真的可以离开棉花了吗?在人类发展史上,棉花的出现,曾经是何等重要,它让人终于可以不用树叶、兽皮和麻遮羞、取暖,而用棉花纺线织布,创造出了棉衣。

如今,在城里衣服已经被服装甚至时装取代。五颜六色的服装和时装,款式越来越新潮,面料用纯棉布的已经少得几乎看不见了。混纺品、化纤品,早已开始登场。即使原来要絮棉花的棉衣,里面早用羽绒了;原来要弹棉花套的棉被,里面早用太空棉了。

棉花,在城里越来越难见到了。

忽然意识到这一点,我不知道是有些伤感,还是高兴。是因为城市发展得太快、科技发展得太快,棉花已经被更新换代而显得名落孙山?还是因为我们已经越来越远离了淳朴天真的大自然,崇尚的再不是田野里热烘烘的阳光和晶莹湿润的雨露滋养出来的东西,而是那些人造的、合成的、经过化学反应之后的东西?

如今,真是谁会再穿用棉花絮的、老厚老厚的、笨重的棉袄棉裤呢?

棉花,当然渐渐离我们远去了。

记得小时候,甚至年轻的时候,在城里还能见到棉花。虽然不多,但是还能见到。那时,每年每人能有一张棉花票,可以用这棉花票买到半斤棉花。每半斤棉花用纸包好一圈,两头露着雪白雪白的棉花,再用纸绳系住。从商店提到家,身上粘着好多棉絮,很像是从田间棉花地里走来。棉花很轻,半斤是不小的一包呢,蓬蓬松松、暄暄腾腾,提着棉花,连自己的身子都变得轻了,走起道来,像是踩着棉花一样飘乎乎的。买棉花总能让人感到轻松。大概因为棉花本来就轻松、洁白吧,将人的心情也絮得绵软了。

那时候,家里的棉被、棉衣,都是妈妈用棉花絮的。她老人家坐在床上,把雪白的棉花在自己身边摊开,把棉花摊平,一层层絮下来,不一会儿,满床都是平展展的棉花了。她便像坐在一片白云彩里面了。而她的手上、眉毛上、头发上,粘满了棉花毛,满屋子里飘飞着棉花毛,处处闻得到来自田野的清新气息。尤其是当棉衣和棉被絮好了新棉花,拿到院子里晾衣绳上一晾,穿在身上或盖在身上之后,能闻得见、感觉得到阳光的味道和分量,全是由于棉花可以像吸水一样将阳光吸满每一丝棉絮的呀……

如今,还能找得到这种感觉和乐趣吗?我们可以穿上羽绒服、盖上太空被,可以很保暖、很美观,但没有了棉花能给予我们的那种感觉了。

那时候，过年开联欢会时，我常和小伙伴们用棉花粘在嘴上和眼眶上面，当作白胡子、白眉毛，装扮成新年老人登台演节目。棉花，总能意想不到地帮助我们这些调皮的小孩子，我们不用花一分钱就能办成好多好事。棉花，是我们童年要好的伙伴，温暖地伴我们长大……

如今的小孩子们，可以花一元钱，买上一大团棉花糖。雪白雪白的，像是棉花，可毕竟不是真正的棉花。

1996 年 4 月 3 日

青木瓜之味

大约是四年前初春的一个星期天下午,我去邮局发信。邮局离我家不远,过了马路,走两三分钟就到。就在要到邮局的时候,一个年轻的女子和我擦肩而过。忽然,她停住脚步,回头看了我一眼。那眼神很亲切,也有些意外的惊奇,仿佛认出了一个熟人。那眼神闹得我以为真的碰见了什么认识的人,便也禁不住停住脚步,看了她一眼:年龄不大,也就二十出头,模样清爽,中等身材,瘦瘦的。看她的装扮,初春时节还穿着一件臃肿的棉衣,就猜得出是一个外地人,大概是打工妹。我仔细地想了想,从来没有见过这么个人,她肯定是认错了人。于是,我笑笑自己的自作多情,向邮局走去。

我走了没几步,她从后面跑了过来,跑到我的面前,这让我很吃惊。只听见她用南方那种绵软的声音仔细而小心翼翼地问我:"你是不是肖复兴老师?"我越发惊讶,她居然叫出了我的名字,我木讷在那里,近乎机械地点了点头。

她一下子显得很兴奋,接着说:"刚才你迎面向我走来,我看着你就像。我读中学的时候就看过你写的书,你和书上的照片很像。真没有想到怎么这么巧，今天在这里遇见了你！"

原来是一位读者。大概她这番热情的话，很能够满足我的虚荣心，尤其是听她说她喜欢我写的一些东西，特别是说她读中学的时候读我写的东西对她有帮助，一直忘不了……我就像小学生爱听表扬似的，立刻有些发晕，找不着北了，站在街头和她聊了起来，一任身边车水马龙。

从她那话语中，我渐渐地听明白了，她从小在南方农村长大，中学毕业，她没有考上大学，家里生活困难，就跟着乡亲来到了北京打工，住的地方离我家不算太远，要走半个小时左右。今天星期天休息，她是刚刚到邮局给家里寄钱，并发了一封平安家信。虽是萍水相逢，只是些家常话，却让我感到她像是在掏心窝子，一下子竟有些感动，只是写了一些平常的东西，竟能够把心拉近，也应该说是如今没什么用处的文学的一点特殊功能吧。于是，我进一步犯晕，沿着斜坡继续顺溜地下滑，不知对她的热情如何回报似的，竟然指着马路对面我家住的楼对她说："我家就住在那里，你有空，欢迎你到我家做客。"说着把地址写给了她。她高兴地说："太好了，我一定去！"

回到家后，我就把这件意外相逢的事情当作喜帖子，向家里的人讲了，不想立刻遭到全家一盆冷水浇头，纷纷说我："你以为你遇到了知遇知心的呢？别是个骗子吧？""可不是，现在骗子可多着呢，你可别忘了狐狸说几句赞扬的话，是为了骗乌鸦嘴里的肉。""什么？你还把咱家的地址告诉了人家？你傻不傻呀？你就等着人家上门找到你头上来骗你吧！""要真是找上门来，骗几个钱倒没什么，可别出别的事！"……

一下子，说得我发蒙。一再回忆街头和那个年轻女子的相遇和交谈,不像是个狐狸似的骗子呀,再说,她肯定是读过我写的书,要不也说不出书名,并且能够对照着书上的照片认出我来呀。但家里的人说的也没有错,谁也不会把骗子两字写在脑门上,高明的骗子现在越来越多,防不胜防。这么一想,心里连连后悔,而且不禁有些发虚,嘲笑自己如此可笑,禁不住两碗迷魂汤一灌,就轻信上当,真是百无一用是书生。一连多天,都有些提心吊胆,怕房门真的被敲响,开门一看,是这个年轻的女子登门拜访,后果不可收拾,不堪设想。

好在一连好多天过去了,都平安无事。

时间一长,这件事情渐渐被淡忘了。偶尔提起,被家人当作笑话嘲笑我一番。我心里想,即使不是骗子,也只是街头的一次巧遇,别再犯傻了,人家两句过年话一说,自己就信以为真。即使人家不骗你,没准还怕你骗人家呢。

将近一年过去了。春节过后,我们全家在孩子的姥姥家过完年,从天津回家,刚上电梯,开电梯的老太太对我说:"你先等我一会儿,前两天你没在家,有人来找你,把带来的东西放在我这里了。"开电梯的老太太是个热心人,住在楼里的人要是不在家,来人送的信件报纸或其他的东西,都放在她这里。她家就住在楼下,不一会儿,就拿来一包用废报纸包着的东西。回家打开包一看,是两个青青的木瓜。木瓜的旁边有一张小纸条,上面写着两行小字,大概意思是:你还记得吗,我就是那天在邮局前和你相遇的人,我一直想来看你,工作太忙了,一直没有时间。我过年回家带给你两个木瓜,是我家自己种的,只是一点心意。祝你写出更多更好的作品!下面没有写下她的名字,只是写着:你的一个读者。

全家都愣在那里，谁都说不出一句话来。

我永远也不会忘记这个年轻而真诚的女子，不会忘记这件事情，不会忘记这两个木瓜。总记得木瓜切开时候的样子，别看皮那样青，里面却是红红的，格外鲜艳，特别是那独有的清香味道，在房间里飘曳着，好多天没有散去。

2004 年元旦试笔于北京

太阳味道的西红柿

日子过去得非常快,一旦成了历史,事情便很容易褪色。鲜亮的颜色总是漆在眼前或即将发生的事情上,而不在如烟的往事上。

在北大荒插队,秋天是最美的,瓜园里有吃不完的西瓜和香瓜,让我们解开裤带敞开地吃。但过了秋天,漫长的冬季和春季里,别说水果,就是蔬菜都很难见到了。我们要一直熬到夏天的到来,才能终于尝到鲜,第一个鲜亮亮跑到我们面前的就是西红柿。在北大荒,我们是把西红柿当成宝贵水果吃的。想想一冬一春没有见过水果,突然见到这样鲜红鲜红的西红柿,当然会有一种见到阔别多日的朋友(尤其是女朋友)的感觉。蠢蠢欲动是难免的,往往等不到西红柿完全熟透,我们就会在夜里溜进菜园,趁着月光,从架上拣个大的西红柿摘,跑回宿舍偷偷地吃(如果能蘸白糖吃,比任何水果都要美味了)。

那时候,我最爱到食堂去帮伙,原因之一就是可以去菜园摘菜。北大荒的菜园很大,品种很多,最好看的还得属西红柿,其余的菜都是趴在地上的,比如南瓜、白菜、萝卜,长在架子上的菜总有一种高人一等的昂昂乎的劲头。但是，架上的扁豆还没有熟，北大荒的黄瓜五短身材难看死了，只有西红柿红扑扑的、圆乎乎的，样子就耐看。没有熟的，青青的，还没吃，嘴里先酸了；半熟不熟的，粉嘟嘟的，含羞带啼像刚来的女知青似的羞涩；熟透的，从里到外红透了，坠得架子直弯直晃，像是村里那些小娘儿们般妖冶……

离开北大荒好久了，还是总能想起那里的西红柿，尤其是那种皮是红的，切开来里面的肉是粉的，我们管它叫作面瓢的西红柿，有种难得的味道，不仅仅是甜是酸，也不仅仅是清新是汁水丰厚，真的是其他水果没有的味道。吃着这种西红柿，躺在一望无边的麦地里，或是躺在场院高高的囤尖上，是最美不过的了。我们会吃完一个扔一个，直至吃得肚子鼓鼓的，再也吃不下去为止。那西红柿被晒得热乎乎的，总有一种太阳的味道。

回北京这么长时间了，总觉得北京的西红柿不好吃，酸、汁水少。想起我母亲还在世的时候，有一年的春天，她在院子里种了一株丝瓜、一株苦瓜，还种了一棵西红柿。从小在农村长大的母亲，对于种菜很在行，夏天，这几种玩意儿全活了，长势不错，只是西红柿长不大，就那样青青的，愣在架上萎缩了，最后只剩下一个终于长大了，渐渐地变红了。我告诉母亲别摘它。就那么让它长着，看个鲜儿吧。夏天快要过去了，整天晒在那里，它快要蔫了。母亲舍不得看着它蔫下去烂掉，从困苦中熬出来，一辈子总是心疼粮食蔬菜，最后还是把它摘了下来。在母亲的手里，西红柿虽然蔫了，却依然红红的，格外闪亮。那一天，母亲用它做了一碗西红柿鸡蛋汤。说老实话，我没吃出什么味道来。

只有那次，西红柿鸡蛋汤吃出味道来了。是三十多年前，弟弟的一位从青海来的朋友,请我到王府井的萃华楼吃饭。那时他们在青海三线工厂工作,比我们插队的有钱。那时候,我已经离开北大荒回到北京好几年了。我是第一次到这样的饭店来吃饭,是冬天,是在北大荒没有水果没有蔬菜的季节,这位朋友点菜时说得要碗汤吧,要了这道西红柿鸡蛋汤。那是一碗只有几片西红柿的鸡蛋汤,但那汤做得确实好喝,西红柿有一种难得的清新。蛋花打得极好,奶黄色的,云一样飘在汤中,薄薄的西红柿片,几乎透明,像是几抹淡淡的胭脂,显得那样高雅。

我真的再也没有喝过那样好喝的西红柿鸡蛋汤了。也许,是离开北大荒太久了。也许,仅仅是回忆中的味道。

2008 年 10 月 3 日于北京

亲笔信

如今"伊妹儿"和手机短信盛行,传统的信,早已经没什么人写了。据统计,现在邮局里只有不到百分之十的业务是收寄私人信函,这些信封和信瓤,不知又有多少是打印机里打印出来的。

所谓传统的信,是需要自己用笔来手写。过去写信时常用的一句话,是"见字如面",那是要看见信上亲笔写的字才是,每个人的字体都不一样,即便写的字再歪歪扭扭,也是自己写的,沾着心情和体温,让收信人像是听到乡音一样,感到亲切。所以,过去古人接到书信,才有"长跪读素书,书中竟何如"那样的虔诚,才有鱼雁传书的美丽传说,才有"家书抵万金"的动人诗句。

在最近一期的《万象》中,看到前辈学者陈乐民先生的遗作《给没有收信人的信》,全部毛笔书写,拳拳心意,字字花开,机打的信件无法同日而语。陈先生这样的信,大概是一襟晚照,属于最后的古典了。

一个一辈子没有亲手写过一封信的人,或一辈子没有收到过别人亲笔写给自己的一封信的人,人生都是不完整的。如今电脑技术非常发达,点击几下键盘就可以轻松发出一封信。最可怕的是手机短信,它是"伊妹儿"的缩略版,那里早已经储藏着无数条短信,按你所需,任你所取,就像是一副扑克牌,可以来回地洗牌,组合成不同的条目,供你在任何节日里发给任何人。据说,"编纂"手机短信已经成为一种职业,和过去替人代写书信的职业相似。不过,也不像,过去代写书信,总还带有代写者手上的一缕墨香,带有属于你自己的一份真实,手机短信却很可能在刚刚发给你之后,又马不停蹄地发给了另外一个人,几乎在同一时刻,大家接收到同一条一字不差的短信。有时候,真觉得科技是人类情感的杀手,用貌似最快的速度和最新颖的手段,扼杀人类心底最原始的也是最朴素的诉说。

我要说,还是珍惜手写的家信,节假日里,特别是在大年夜,起码该给自己的亲人亲手写一封平安的信、祝福的信。家书抵万金,家书抵万金呀,仅仅从电脑或手机里发出的信,还能够抵得上万金吗?

记得二十多年前,刘心武曾经写过一篇《到远处去发信》的小说,写的是当了一辈子邮递员的主人公退休了,给别人送过那么多的信,还没有接过别人给他自己写来的一封信,他就自己写了一封,跑到老远的地方,把信投到邮筒里,让自己这辈子也收到一封亲笔信。

即使如契诃夫写的小说《万卡》里学徒小万卡寄给爷爷的那一封永远无法寄达的信,只在信封上写着"寄乡下爷爷收",而没有写上收信人的地址,也是万卡用笔蘸着墨水一字字写成的呀!

好多年前看过英国剧作家品特的电影《传信人》,那个少年心仪并暗恋他同学的漂亮姐姐,为这位比自己大好多岁的女人和她的情郎偷偷传信,当好奇心让他忍不住拆开其中的一封信的时候,心目中的女神写给别人的热辣辣的亲笔信,让这位少年惊慌和震撼的情景，逼真地道出了亲笔信的力量。

三十多年前，我突然收到母亲请邻居帮忙拍来的电报，得知父亲病逝，忙从北大荒赶回北京奔丧。一路上心里都奇怪，母亲不识字，家中只剩下她独自一人，慌乱之中怎么会找到我的地址并能够一眼认出来？回到家，看见母亲的床垫底下，压着的都是我写给家里的信。母亲不认字，但熟悉的字迹让她知道那就是我，枕在那些信上睡觉，让她心里踏实。她就是拿着床垫下的一封信，请邻居打的电报。

可能正是看到了亲笔信的力量和意义所在，有人想竭力挽住已经渐行渐远的亲笔信。看最新的一期 *Time Out* 杂志上介绍，有一网站，举办这样一个活动，叫作"陌生人，让我手写一封信给你"。它这样说："你多久没收到过信了？你多久没给人手写过信了？让我手写一封信给你，让我的心情化成字迹、装进信封、贴上邮票、扔进信筒，让邮差交到你的手里。现在开始，留下地址，让我写一封信给你。"我不知道会有多少人能够给他们留下自己的地址，换取一封久违的亲笔信。因为我不知道有多少人还在乎一封亲笔信。

不管怎么说，还得是自己亲笔写的信才好。亲笔写的信，无论对于看的人，还是写的人，感觉都不一样，滋味都不一样。就像清风和电扇或空调吹来的风不一样，就像鲜花和纸花或塑料花不一样，就像肌肤之亲和隔着手套握手或戴着口罩亲吻不一样。

"独下千行泪，开君万里书"，亲笔信，只有亲笔信，才能让你有这样的心情，又能让你如此动情。

2009 年 11 月 26 日于北京

自行车咏叹调

　　自行车是外国人的发明,却绝对是中国人的专用。曾经,普及率之高,除了筷子,大概就得数自行车了。走在中国的任何地方,无论是再大的城市,还是再偏僻的乡村,哪怕只是一条羊肠小道,都可以看得见自行车。如果赶上北京或上海这种大城市的上下班的高峰期,大街上自行车车轮滚滚所汇成的汹涌洪流,赛得过钱塘江涨涌起的一浪高过一浪的潮水,是极富有中国特色的一大壮观,在世界其他地方难得见到。

　　即使车轮不滚动,那么多的自行车安静地放在一旁,黑压压一片,也会是一种壮观。那些由圆和线组成的图案,像画家蒙德里安用几何图形所画成的画面,在不动声色中吐露着威严,显示着独具特色的美学。

　　小孩子稍大一点,要学的第一件事情就是骑自行车。对于孩子,自行车不是玩具,孩子的小腿还够不着脚镫子,大人就开始让孩子学骑自行车了。大人在车前扶着车把,在后面扶着车座,一边使劲地呼喊着孩子眼睛往前看,一边使劲地跟着车跑,再怎样辛苦,也要帮助孩子从小学会自行车。道理很简单,自行车将要开始伴随他们的终生，从他们上学到工作，甚至到终老。有的老人就是死在用自行车推往医院的路上，有的老人就是从自行车上跌下来，在闭眼睛的那一瞬间，看见自己自行车的车轮子还在身边不停地转。

有一段时间，自行车、手表和收音机，是人们向往的三大件，自行车点名要"飞鸽""永久""凤凰"牌的，就像现在人们买汽车要"本田""别克"或"奥迪"的劲头一样。结婚的时候，自行车往往是娘家的陪嫁，扎上了大红绸，气派地摆在醒目的地方。自行车便和现在的汽车一样，成为全家最珍贵的物件，和家庭琐碎的日子关系最为密切，充满辛酸，也充满温馨。成了家之后，往往会在自行车前面加一个车筐，下班后到菜市场买菜买肉，都要靠它驮回家。有了孩子之后，往往要在自行车后面加一个小座，或在大梁上安放一个靠背椅，为的是把孩子从幼儿园里接回家；即使孩子上了小学，自行车依然是大家接送孩子最便捷的交通工具。丈夫骑着自行车，前面带着孩子，后面驮着老婆，永远是清晨出门或黄昏归家最动人的画面。自行车就如同一只大鸟，用有力的翅膀载着一家人早出晚归，品味着人生百味，游走在生活的角角落落。

那时候，房子越盖越挤的院子里，两墙之间的夹缝窄得犹如韭菜叶，只能容一个人推一辆自行车勉强过去。我常常看到下班的人推着自行车艰难挤过夹缝的情景，车后座上往往驮着孩子，车把前的车筐里放着下班路上买来的一束湛青碧绿的青菜。一幅幅这样的归家图，融化在各家小蜂窝煤炉渐渐冒出的袅袅炊烟里，那一抹绿色，像是奔波一天的自行车身上冒出的缕缕的汗气，更是从自行车身上摇曳出来的活气，有了它，再疲惫的一家人和自行车，都显得有了生气。

都说人与人之间相濡以沫，其实，自行车和人之间也是相濡以沫的，彼此慰藉，相互走过了人生。真的，还有什么别的物件赶得上自行车，对普通人日复一日持之以恒地提供扶助吗？人们对自行车的感情，就像古代壮士对自己心爱的坐骑一样。不兴养宠物的时候，自行车就是大家的宠物，要给它拾掇得干干净净，利利索索，它才能够追风马一样，为你"风入四蹄轻"。我们大院里，有一位单身的年轻工程师，下班后，首先要干的两件事，一是脱掉上衣为自己洗身，一是把自行车翻个个儿，为车洗身。他把一身健壮的肌肉洗得油光水滑，把一辆自行车擦得锃光瓦亮，然后，他和自行车相看两不厌，像一对马上要登台演出的角儿，有精彩的对手戏等着呢。那时候，他家的窗帘永远不会拉上，他好像就是有意要让全院人看看他的肌肉和他的爱车，他觉得自己这一身腱子肉和永远崭新的自行车是绝配，就像英雄配美人，宝马配雕鞍，葡萄美酒配夜光杯。

如今，私家车越来越多，在马路上，自行车被挤得只能像黄花鱼——溜边，还不停地听汽车的喇叭和司机的训斥，属于自行车的地盘越来越小，自行车的地位也一落千丈，再难找回我们大院里年轻工程师和自行车的感觉。但是，自行车依然顽强存在着，和私家车做着虽力有不及却颇有些悲壮的抗衡，就像遥远时代里的民谣，依然有着打动人心的力量。更何况，更多的普通人依靠的是自行车，低碳生活更需要自行车，自行车就像传统节日里的鞭炮，缺少了它的声音，还叫火爆的日子吗？

如今，常会在黄昏的街头看见半大小伙子在玩车，他们以马路牙子为障碍，让自行车的前轱辘翘起，旱地拔葱似的拔到马路牙子上面，再拔出萝卜带出泥似的把后车辘轳连带拔上来，往返循环，乐此不疲。自行车白天用来上学，笔管条直，像是他们自己见到老师时一副乖仔的模样；到了黄昏就变了脸，一下子活跃起来，成了他们锻炼身体的工具，消遣时光的玩具，也成了他们发挥想象的平台。一身几用，恨不得把压抑了一白天的心气都释放出来。他们是不到天黑不会收车回家的，当然，他们在这里会赢得围观者尤其是女孩子的阵阵喝彩，他们臭汗淋淋回家后，是少不了挨一顿家长的臭骂的。

在城里，除了丢车（几乎没有人没丢过自行车），最怕的是骑车回到家找不到放车的地方。楼外面如今被越来越多的私家汽车气宇轩昂神气十足地占领着，楼道里已经被捷足先登的自行车挤得横七竖八，走道连个下脚的地方都没有了。实在不行，只好把车顺在楼梯上，四仰八叉地和楼梯把手绑在一起。也有把车吊在房顶上的，像是吊腊肉似的，吊得人眼晕。

如果你仅仅把自行车当作交通工具，可就错了。在中国，自行车的用途大了去啦。无论是在城里还是在乡下，自行车首先是家庭最常用的运输工具。在城里，小到买个米买个面，大到买个椅子买个电视机，一直到换个煤气罐，什么地方都用得着自行车的。自行车就像个任劳任怨的仆人，无论什么活儿都得伸出自己的肩膀头来。

在乡下，用自行车的地方比用老牛的地方还要多。运菜运粮运筐运一切要到城里去卖的东西，都用得着自行车，自行车比骡马要好使唤，而且要不惜力气得多。好不容易进一次城，车前车后要装得满满的。光装那些东西，就是艺术，就跟编鸟笼或盖房子一样，不用一钉一锤，却装得密密实实，得要巧手妙心。我见过这样一幅摄影作品：自行车运草帽，从前看草帽成了鸟一样呼扇扇的羽翼，从后看草帽成了一座会移动的小山，骑车人只露出头顶的草帽，和山一样的草帽连成一体，童话似的长出脚来在动在跑在飞。

在城里，骑车带人的人，和打的的人数量差不多。这是因为骑车带人上下方便，到哪儿去也方便，自行车就是自家的车。而且，也比打的省钱。更重要的一点，是情人坐在身后搂着情人的后腰，这样奔驰在大街小巷，有打的无法体会的味道，彼此的心跳都听得清清爽爽，自行车让他们成了连体人，在众目睽睽之下敞亮地展示着他们的爱情。

大多数的大人骑车还是为了接送孩子，所以在中国的任何一座城市里，都可以看到许多这样骑车带孩子的大人，风雨无阻。不过，骑车带孩子的法子不尽相同。在南方，大人是把孩子绑在自己的后背上，孩子竖立在身后，成了大人的守护神；在北方，则是让孩子坐在前面的横梁上，大人用胸膛保护着孩子。竖着或横着的孩子，常常歪着小脑袋睡着了，而大人却全然不知，依然骑着车奋然前行，便常常有过路的行人冲着大人高喊："留神呀，孩子可睡着了！"

记得32年前，我刚刚考入中央戏剧学院，一天出门骑车带着一个同学，刚拐出胡同，便和迎面而来的一个警察叔叔狭路相逢。因为那时候北京不许骑车带人，警察叔叔把我们拦了下来，要罚款，严厉地问我们："你们是哪儿的呀？"我赶紧回答："我们是戏剧学院的学生。"这位警察叔叔把戏剧学院听成戏曲学院了，就问："哦，学哪派的呀？"我一听，满拧，忙说："我们，没派……"他又听差了，脸色却明显好了起来，说道："梅派呀？

梅派，梅兰芳，好……"没罚款，放了我们一马，敢情这位警察叔叔是个戏迷。

对自行车，我从心里充满感情。很难设想没有了自行车的北京城会是什么样子，会不会和没有了四合院全部都是高楼大厦一样，让人无法想象，无法辨别，无法找到回自己家的路？自行车不仅是北京而且是全国的一种最带有中国特色的生活乃至文化的符号，它几乎和我们每个人的生命息息相关，和我们国家的发展密切相连。非常遗憾的是，这样一种从抽象上说是醒目非常的符号，从具象上说是个性十足的物件，我却没有见到有什么艺术作品专门去描摹它，张扬它。除了看过一部电影《十七岁的单车》，我没有听到过一首歌曲是专门唱它的，没有看到过一幅画是专门画它的，也没有一部小说，就像意大利的作家皮蓝德娄充满感情地专门用他故乡的名字为他的小说《西西里柠檬》命名一样，是专门献给自行车的。我们对它有些熟视无睹。越是熟悉的，越是亲近的，越是须臾不可或缺的，越是我们相濡以沫的，越是陪伴我们走过艰辛岁月的，我们往往越容易视而不见。

记得路德维希在他的《尼罗河传》里说："朝代来了，使用了它，又过去了，但是，它，尼罗河——那土地之父却留了下来。"自行车，也曾经在朝代的更迭中在时代的变迁中被我们使用，它是我们的生活之子，也应该留下来，留下来作为我们青春与岁月，成长和发展的见证。我们也应该为它作传。

2010年2月18日大年初五改毕于北京

明信片

有时想，为什么我国的明信片会比国外的品种要少，而且设计得单薄？我们愿意毕其功于一役，在春节期间发行大量的有奖贺岁明信片，但画面变化很少，几乎都是千篇一律。或许是在平日里，人们已经很少用明信片作为传递信息和心情的一种载体了。在我的印象中，好像只有孙犁先生愿意用明信片替代书简，言简意赅，朴素清淡，宁静而致远。但是，后期孙犁先生基本也不用明信片了。我现在非常后悔，当初先生在世的时候，为什么没有在通信中请教他为什么不再用明信片了。

明信片在我们这里的没落，我不知道说明了什么，我的心却感到很失落。或许在一个崇尚奢华的时代，素朴典雅的明信片，便无可奈何花落去而难得追寻了。

对于我，明信片却显得很重要，我对它一直情有独钟。如果有朋友出国问我需要带点什么东西，我会说给我寄一张当地的明信片吧。今年春节前夕，我的一个朋友去芬兰的赫尔辛基执教三个月，临行前，我也是这样对他说："帮我到赫尔辛基的西贝柳斯公园买一张印有西贝柳斯雕塑头像的明信片吧。"如果是我出国到一个陌生的地方,我总要买一张当地的明信片寄回家。虽然现在电话和"伊妹儿"方便得很,我却总固执地觉得,只有明信片才可以长期保留着当时的信息和气息。即使和信件相比,明信片上面多出的画面,时过境迁之后看到,一下子就能够想起当时的情景,一目了然而活色生香起来。特别是国外的明信片印制得都非常漂亮,无论是当地的风光风情,还是当地的名胜名人,构图都比较别致,可以当成美术作品来欣赏。当然,更重要的是流年暗换之后,明信片能够唤回我许多回忆,清新如昨而不被尘埋网封。将那些明信片摆成长长的一串,雪泥鸿爪,像是回头看自己曾经的足迹。

在国外买明信片,一般比较容易,旅游点都会有卖的,琳琅满目,随你可劲儿地挑。寄明信片,有时就难一些,因为人生地不熟,有时时间又紧迫,找邮局就有些来不及。于是,在匆忙之中找邮局,就成了我旅行中有意思的经历。

那年去了一趟土耳其和波兰。在伊斯坦布尔住郊外,根本找不到邮局,到城里,不是去参观去购物就是去吃饭,完了事立刻上车走人,不容我有片刻时间去找邮局。那一天,到卡罗塞勒商场购物,那是伊斯坦布尔的一家很大的商厦,位于闹市,门前的街道不宽,但商店林立,人流如鲫。我想附近总该有邮局吧,匆匆在商场逛了一圈,便走了出来,在四周的大街小巷找了半天,也没有找到邮局,问了好几个人,也都是一问摇头三不知。这时候,同行的大多人已经逛完了商厦出来坐在车上,车子很快就要开了。我不甘心,临上车前又问了一位在街边上好像在等人的老头,听完我的问话,他也是摇头,我正要失望,他却紧接着用英语对我说:"请等等。"说罢,拔腿穿过车水马龙的街道。隔着一条街，我看见他一连问了好几个过往的行人，听不见他说话，只看见他的嘴和胡子以及手一起在动，中间不断有汽车遮挡住了我的视线，那情景就好像在看电影里的默片。我看见他似乎终于问到了，腿迈下马路牙子要往我这边走，我赶紧向他招手，跑了过去。果然，他问清了，邮局离这里并不远，只是藏在一条很窄的小巷里。他怕我找不到，一直送我到了那条小巷的巷口。

在华沙，从肖邦故居回来，直奔到文化宫看演出，演出要在晚上开始，时间很充裕。正好刚在肖邦故居买了几张明信片，便放心去找邮局。文化宫在元帅大街上，那里是华沙的市中心，想找一家邮局该不是难事吧。谁想一直找到了夜幕垂落华灯初放，也没有找到邮局，心想，莫非华沙人都不寄信？天黑路又不熟，那时已经不知自己在哪里，方向都弄不大清了，不敢恋战，正想打道回府，看见一个学生模样的人夹着书走过来，想就再问最后一个人。他扬起年轻的脸听完我的问话，让我跟着他走，便跟着他穿街走巷一路迤逦而去。迷离的夜色和闪烁的灯光洒落在他的肩头，在我们的交谈中，我知道这位华沙大学历史系三年级的学生，对中国了解还真不少，不仅知道我们的孔子，还知道我们去年举办的肖邦音乐会。有了有趣的交谈，路显得短了，面前出现绿色的邮筒，他指指说到了，然后带我走进门，替我从一个机器前取下一张纸片，上面印着号码，他告诉我先在这里等候，等到柜台前的电子荧屏上出现我的号码再去寄我的明信片。

最有意思的是前年春天去法国，在南部阿维尼翁，因为那是个中世纪的古城，又是世界有名的戏剧之城，所以街巷中商亭前的明信片格外五彩缤纷。乱花迷眼之后，挑了一张明信片，想问人邮局在哪儿，迎面走来一位英俊的小伙，我匆忙之中将 post office 说成了 police office，小伙子一愣，脸上现出惊愕的表情，我才知道自己说错了，他以为我要找警察局呢。我赶紧扬着手中的明信片告诉他是找邮局寄明信片。他带我走进一条商业街，走进一个不大的杂货铺，向店主人说了几句我听不懂的法语，店主人拿出一张邮票，我付完钱，在明信片贴好邮票，小伙子和我一起走出店铺，指着旁边的一个邮筒，笑笑对我说了句那里就是 post office，然后和我告别。

我不知道如果有外国人来到中国也想找邮局寄明信片，在时间就是金钱的今天，我们能不能有耐心和诚心为他们带路去找附近的一家邮局。但我会的，因为我曾经受惠于人，可以说，在国外的任何一个地方，只要我寻找邮局，都曾经有一个陌生人帮我带过路。

明信片带给我的回忆和回味，远远超过明信片自身。

知道我有积攒明信片的习惯，我的一个学生，大学毕业后到国外留学，然后定居，十多年了，到过许多国家，每到一个新的地方，不管多么匆忙，即使后来她已经是三个孩子的母亲，拖儿带女的，都不忘给我寄一张当地的明信片。什么事情能够坚持十多年，都不那么简单，水滴石穿，就这样滋润着漫长的岁月和枯燥的日子。每次收到她的明信片，我都很感动。细心的她更不忘找当地几枚纪念邮票贴在明信片上，让明信片更加漂亮。那一年是凡·高逝世一百周年，她正好在荷兰一个叫作代尔夫特的小城，特意买来荷兰新发行的纪念凡·高的一套邮票，全部贴在一张明信片上。我可以猜想得到在一个陌生的小城找邮局，一定和我曾经有过的经历一样，虽然有意思，但也不那么容易。

儿子到国外留学之后，自然也不会忘记给我寄来明信片，在短短的一年时间里，寄来了6张。他到达学校的时候，是半夜，第二天起床办的第一件事，就是寄来一张明信片，画面是一头肥壮的牛。一个月后，他又寄来第二张明信片，上面印着草原上的猪。我和他的妈妈一个属猪一个属牛，他在明信片上写着："亲爱的爸爸妈妈：这几天我们这里的气温突然下降了，中午还好，早晨和晚上已经很冷了，很多人都感冒了。我倒还好，只是有点嗓子疼，再有就是很想你们。"

感恩节放假时，他和美国同学驱车近一千公里，到同学家过节吃火鸡，感受美国人的生活。那是一个最早是由斯堪的纳维亚移民建设的小城，他没有忘记在那里买一张当地的明信片寄来。那是一张别致的明信片，是用当地的木片做成的，上面印有当地斯堪的纳维亚历史博物馆的黑白图案。匆忙之中，他在旁边写着几个字："爸爸妈妈：我在诺迈特，北达科他州，感恩节。很想你们。"

那年的暑假，他去了密尔沃基，那是一个靠着密歇根湖的漂亮的城市，他从那里一下子寄来了两张明信片，一张是密尔沃基艺术博物馆现代派的建筑，一张是米罗的画，他在后一张明信片上面写着简单的两行话："这是米罗的画，挂在密歇根湖的边上，想起过去我们在北京看的米罗画展。等你们来了，再一起来这里看吧。"

最有意思的是，我自己给自己寄了一张明信片。是前年在纽约，孩子陪我和爱人一起去联合国总部参观，那一天正好赶上是9月11日，我买了一张印有联合国大厦前各国国旗飘扬的全景的明信片，贴上一张联合国成立65周年的纪念邮票，在明信片上写了这样一句："今天正好是9·11纪念日，参观联合国大厦，祈祷世界和平。"然后让全家人各自签上自己的名字。那是给自己的纪念，也是对自己的祈愿。

明信片就这样在不知不觉中成为我和孩子乃至全家生活的一部分。在分离的时候，它不仅是到此一游的纪念，更是传递我们彼此思念和牵挂的方式。在一起的时候，它是我们共同留给岁月的纪念，刻在日子里的脚印，就像放翁的诗："细书灯下幸能读，旧友梦中时与游。"特别是寄明信片时，都是在行色匆匆之中，明信片上空白的位置有限，有限的字落在方寸之间，地远天长之外，纸短情长，要的是功夫。

曾经读过苏联诗人安·沃兹涅先斯基写过的一首诗，名字就叫《明信片》，诗很短，一共8行：

> 从巴黎给你捎点什么？
> 除了衣裳，及其他杂物，
> 一张我们发黄的海报，
> 还有思念你的一丝凄楚。
> 这些礼品价值不高。
> 我看中了白色的凯旋门，
> 脑子里试量着你的身材，
> 它像袒露背的连衣裙。

这是我看到的有关明信片最好的一首诗了，明信片带给诗人的想象，其实也是我们到达一个新地方特别是陌生国度的时候，常常会触景生情而涌出的想象；而明信片带给诗人的感情，更是我们所赋予明信片的感情。即使我们不会写诗，那些明信片已经成为我们生活里别致而温馨的诗。

2012年2月改毕于北京

水果之香

水果的香味，不同于花香。果香里有花香里没有的另一种味道，是什么味道呢？我说不清。

似乎花香是青春少女，而果香则是成熟的妇人。这是一个蹩脚的比喻。有时候，我会想花香或许像做汤时漂在上面的那层油花，而果香则是渗透进汤的每一滴水珠里面了。当然，这也是蹩脚的比喻。但是，果香里有果实的味道，是厚重的，不像花香只出自花蕊和花粉，是显而易见的。

苹果是全世界产量居第二位的水果，那种清香，是属于大众常见的香味。佛手的清香则与众不同，仿佛妙手天成，清新如诗。随着时间的延长，那清香仿佛音乐的展开部一般，渐次高潮，形成华彩，香气分外扑鼻，是属于天堂的香味，难怪要把佛手供奉在寺庙的佛祖面前。

梨的香气也是清香，却是有着丝丝水气的清香，特别是天津鸭梨，那种清香富于地域特点。李子的清香，则有点涩涩的感觉，欲说又止一般，"恰便多情唤却羞"。杏子的清香，则有股酸甜的意思。表面温存，不动声色，却是内含机锋，格外撩人。

果香刺鼻的也有，波罗蜜是其中之一，榴梿更是其中之一，它们属于果香中的另类。

果香从来不愿和花香雷同，也不愿攀附花香，去借水行船，招摇过市。唯独有种葡萄取名玫瑰香，将自己和花香联姻。这大约是众多果香最不齿的。况且，那种葡萄的香味也和玫瑰花的香味大相径庭。

花香，是为了吸引蜜蜂，是植物的一种欲望，为了自己生存繁衍的一种本能。这是迈克尔·波伦在他的《植物的欲望》一书中说的。

果香呢？果香不是为了自己的生存，它满足的是人的欲望，并不是自己的。这样说来，果香颇有些奉献精神。

其实，这样说来，也不尽然，好像果香就是为了取悦于人，这实在有些贬抑果香了。果香，存在于大自然之中，有人无人，它的香味都在那里独立存在，无风自落，有风飘散。"草木有本心，何求美人折？"

那么，水果为什么会拥有香味，而且是拥有这样不同样式的众多香味呢？

我想起钟嵘在《诗品》开宗明义说过的话："气之动物，物之感人，故摇荡性情，形诸舞咏。"钟嵘说的"气"，是针对诗而言，但我宁愿相信同样适合形容水果的香气。水果之所以拥有这样多的香气，能够感人，是水果自己的性情。不同的水果，有不同的性情，就有不同的形状，也就有不同的香气，三位一体，互为表里。苹果的性情是温顺的，形状是圆圆的，香气是清新的；榴梿的性情是另类的，形状是怪异的，香气是冲人的；佛手的性情是神性的，形状如千手观音的手指，香气是圣洁的。不同的香气，荡漾在空气中，缭绕在我们周围，袅袅婷婷，虽然看不见，却是不同水果的翩翩舞姿。如果水果也会说话，香气就是它们各自的发言。

我从小就喜欢杏的香气，觉得比其他水果散发的香气要好闻。麦熟杏黄时节我总要买好多不同品种的杏回家。黄杏只是杏的一种，如果从颜色分，红杏、黄杏和京白杏的香气，略有差别。红杏的香味淡，黄杏的香味浓，京白杏的香味最清雅。如果说红杏如夏天的清晨，黄杏就如同炽热的中午，而京白杏则像是清凉而弥漫着花香的夜晚。如果打一个通俗的比喻，红杏像这时候摇的团扇，黄杏像摇的芭蕉扇，而京白杏则像是香妃扇。

如果论好看，红杏当然像红颜知己；论好吃，还得数黄杏，沙沙的，绵软可口。但如果论香气好闻，得独数京白杏。

有意思的是，无论什么样品种的杏，开的花都不香。曾经有一年的开春，路过京郊怀柔，有一大片杏树林，漫山遍野开满着白花如雪，一点也不香。但到了杏黄麦熟的季节，再路过那片杏林，清香透人心脾，仿佛它们把香气像酒一样储存整整一个春天，到成熟的时候，才打开酒瓶塞子，举办属于它们自己的盛宴。

前两天，我买了一篮京白杏。买来的时候，杏还没有熟透，尖上还是青的，香味都还深藏不露。我把它们放在阳台上，等过两天再吃。没有想到，第二天上午一开阳台的玻璃门，满阳台都是那么浓郁的香味，而且，那香味像憋不住似的，立刻长上了翅膀一样飞进屋里，久散不去。

2017 年 7 月 18 日写毕于北京

辑四

京城花事

阳光的三种用法

童年住在大院里,都是一些引车卖浆者流,生活不大富裕,日子各有各的过法。

冬天,屋子里冷,特别是晚上睡觉的时候,被窝里冰凉如铁,家里那时连个暖水袋都没有。母亲有主意,中午的时候,她把被子抱到院子里,晾到太阳底下。其实,这样的法子很古老,几乎各家都会这样做。有意思的是,母亲把被子从绳子上取下来,抱回屋里,赶紧就把被子叠好,铺成被窝状,留着晚上睡觉时我好钻进去,被子里就是暖乎乎的了,连棉花味道都烤了出来,很香的感觉。母亲对我说:"我这是把老阳儿叠起来了。"母亲一直用老家话,把太阳叫老阳儿。"阳儿"读成"爷儿"音。

从母亲那里,我总能够听到好多新词。把老阳儿叠起来,让我觉得新鲜。太阳也可以如卷尺或纸或布一样,能够折叠自如吗?在母亲那里,可以。阳光便能够从中午最热烈的时候,一直储存到晚上我钻进被窝里,温暖的气息和味道,让我感觉到阳光的另一种形态,如同母亲大手的抚摸,比暖水袋温馨许多。

街坊毕大妈,靠摆烟摊养活一家老小。她家门口有一口半人多高的大水缸。冬天用它来储存大白菜,夏天到来的时候,每天中午,她都要接满一缸自来水,骄阳似火,毒辣辣地照到下午,晒得缸里的水都有些烫手了。水能够溶解糖,溶解盐,水还能够溶解阳光,大概是童年时候我最大的发现了。溶解糖的水变甜,溶解盐的水变咸,溶解了阳光的水变暖,变得犹如母亲温暖的怀抱。

毕大妈的孩子多,黄昏,她家的孩子放学了,毕大妈把孩子们都叫过来,一个个排队洗澡。毕大妈用盆舀的就是缸里的水,正温乎,孩子们连玩带洗,大呼小叫,噼里啪啦,溅起一盆的水花,个个演出一场"哪吒闹海"。那时候,各家都没有现在普及的热水器,洗澡一般都是用火烧热水,像毕大妈这样法子洗澡,在我们大院是独一份。母亲对我说:"看人家毕大妈,把老阳儿煮在水里面了!"

我得佩服母亲用词的准确和生动,一个"煮"字,让太阳成为我们居家过日子必备的一种物件,柴米油盐酱醋茶,这开门七件事之后,还得加上一件,即母亲说的老阳儿。

真的,谁家都离不开柴米油盐酱醋茶,但是,谁家又离得开老阳儿呢?虽说如同清风朗月不用一文钱一样,老阳儿也不用花一分钱,对所有人都大方,而柴米油盐酱醋茶却样样都得花钱买才行。但是,如母亲和毕大妈这样将阳光派上如此用法的人家,也不多。这需要一点智慧和一颗温暖的心,更需要在艰苦日子里磨炼出的一点本事,这叫作少花钱能办事,不花钱也能办事,阳光才能够成为居家过日子的一把好手,陪伴着母亲和毕大妈一起,让那些庸常而艰辛的琐碎日子变得有滋有味。

对于阳光,大人有大人的用法,我们小孩子也有小孩子的用法。我家的邻居唐家，主人是个工程师，他家有个孩子，比我大两岁，很聪明，就算喜欢招猫逗狗，也总爱别出心裁玩花活儿。有一次，他拿出他爸爸用的一个放大镜，招呼我过去看。放大镜我在学校里看见过，不知他拿它玩什么新花样。我走了过去，他在放大镜下放一张白纸，用放大镜对着太阳，不一会儿，纸一点点变热，变焦，最后居然烧着了起来，腾地蹿起了火苗，旋风一般把整张白纸烧成灰烬。

又有一次，他拿着放大镜，撅着屁股，蹲在地上，对准一只蚂蚁，追着蚂蚁跑，一直等到太阳透过放大镜把那只蚂蚁照晕，爬不动，最后烧死为止。母亲看见了这一幕，回家对我说："老唐家这孩子心这么狠，小蚂蚁招他惹他了，这不是拿老阳儿当成火了吗？你以后少和他玩！"

有一部电影叫作《女人比男人更凶残》。有时候，小孩比大人更心狠，小孩子家并不都是天真可爱。

2008 年 6 月于北京

白雪红炉烀白薯

如今,冬天里白雪红炉吃烤白薯,已经不新鲜,几乎大街小巷,都能看见胖墩墩的汽油桶立着,里面烧着煤火,四周翻烤着白薯。这几年还有从台湾引进的电炉烤箱做成的现代化烤白薯,立马丑小鸭变白天鹅一样,在超市里卖,价钱比在外面的汽油桶上高出不少,但会用一个精致一点的纸袋包着。时髦的小妞儿跷着兰花指拿着,像吃三明治一样优雅地吃。

在老北京,冬天里卖烤白薯永远是一景。它是最平民化的食物了,便宜,又热乎,穷学生、打工族一类的人,手里拿着一块烤白薯,既暖和了胃,也烤热了手,迎着寒风走就有了劲儿。记得老舍先生在《骆驼祥子》里,写到这种烤白薯,说是饿得跟瘪臭虫似的祥子一样的穷人,和瘦得出了棱的狗,爱在卖烤白薯的挑子旁边转悠,那是为了吃点更便宜的皮和须子。

民国时,徐霞村先生写《北平的巷头小吃》,提到他吃烤白薯的情景。想那时他当然不会沦落到祥子的地步,他写他吃烤白薯的味道时,才会那样兴奋甚至有点夸张地用了"肥""透""甜"三个字,真的是很传神,特别是前两个字,我是从来没有听说过谁会用"肥"和"透"来形容烤白薯的。

但还有一种白薯的吃法，今天已经见不着了，便是煮白薯。在街头支起一口大铁锅，里面放上水，把洗干净的白薯放进去一起煮，一直煮到把开水耗干。因为白薯里吸进了水分，所以非常软，甚至绵绵得成了一摊稀泥。想徐霞村先生写到的那一个"透"字，恐怕用在烤白薯上不那么准确，因为烤白薯一般是把白薯皮烤成土黄色，带一点焦焦的黑，不大会是"透"，用在煮白薯上更合适。白薯皮在滚开的水里浸泡，犹如贵妃出浴一般，已经被煮成一层纸一样薄，呈明艳的朱红色，浑身透亮，像穿着透视装，里面的白薯肉，都能够丝丝看得清清爽爽，才是一个"透"字承受得了的。

煮白薯的皮，远比烤白薯的皮要漂亮，诱人。仿佛白薯经过水煮之后脱胎换骨一样，就像眼下经过美容后的漂亮姐儿，须刮目相看。水对于白薯，似乎比火对于白薯要更适合，更能相得益彰，让白薯从里到外地可人。煮白薯的皮，有点像葡萄皮，包着里面的肉简直就成了一兜蜜，一碰就破。因此，吃这种白薯，一定得用手心托着吃，大冬天站在街头，小心翼翼地托着这样一块白薯，噘起小嘴嘬里面软稀稀的白薯肉，那劲头只有和吃喝了蜜的冻柿子有一拼。

老北京人又管它叫作"烀白薯"。这个"烀"字是地地道道的北方词，好像是专门为白薯的这种吃法订制的。烀白薯对白薯的选择，和烤白薯的选择有区别，一定不能要那种干瓤的，烀白薯选择的是麦茬儿白薯，或是做种子用的白薯秧子。老北京话讲处暑收薯，那时候的白薯是麦茬儿白薯，是早薯，收麦子后不久就可以收，这种白薯个头小，瘦溜，皮薄，瓤软，好煮，也甜。白薯秧子，是用来做种子用的，在老白薯上长出一截来，就掐下来埋在地里。这种白薯，也是个头细，肉嫩，开锅就熟。

当然，这两种白薯，也相应便宜。烀白薯这玩意儿，是穷人吃的，从某种程度上，比烤白薯还要便宜才是。我小时候，正赶上三年自然灾害，每月粮食定量，家里有我和弟弟这两个正长身体要饭量的半大小子，月月粮食不够吃。家里只靠父亲一人上班，日子过得拮据，不可能像院子里有钱的人家去买议价粮或高价点心吃。就去买白薯，回家烀着吃。那时候，入秋到冬天，粮店里常常会进很多白薯，要用粮票买。但是，每一次粮店里进白薯了，都会排队排好多人，都是像我家一样，提着筐，拿着麻袋，都希望买到白薯，回家烀着吃，可以饱一时的肚子。烀白薯，便成为那时候很多人家的家常便饭，常常是一院子里，家家飘出烀白薯的味。

过去，在老北京城南一带，因为格外穷，卖烀白薯的就多。南横街有周家两兄弟，卖的烀白薯非常出名。他们兄弟俩，把着南横街东西两头，各支起一口大锅，所有走南横街的人，甭管走哪头，都能够见到他们兄弟俩的大锅。过去，卖烀白薯的，一般都是兼着五月里卖五月鲜，端午节卖粽子，这些东西也都是需要在锅里煮，烀白薯的大锅就能一专多能，充分利用。周家这兄弟俩，也是这样，只不过他们更讲究一些，会用盘子托着烀白薯、五月鲜和粽子，再给人一只铜钎子扎着吃，免得烫手。他们的烀白薯一直卖到了新中国成立以后，公私合营，统统把这些小商小贩归拢到了饮食行业里来。

五月鲜，就是五月刚上市的早玉米，老北京的街头巷尾，常会听到这样的吆喝:"五月鲜来,带秧儿嫩来!"市井里叫卖的吆喝声,如今也成为一种艺术,韵味十足的叫卖大王应运而生。以前,卖烤白薯的一般吆喝:"栗子味的,热乎的!"以当令的栗子相比附,无疑是高抬自己,再好的烤白薯,也是吃不出来栗子味。烀白薯,不好攀龙附凤,只好吆喝:"带蜜嘎巴儿的,软乎的!"他们吆喝的这个"蜜嘎巴儿",指的是被水耗干挂在白薯皮上的那一层结了痂的糖稀,对那些平常日子里连糖块都难得吃到的孩子们来说,是一种挡不住的诱惑。

说起南横街东西两头的周家兄弟,我想起了小时候我家住的西打磨厂街中央的南深沟的路口,也有一位卖烀白薯的。只是,他兼卖小枣豆儿年糕,一个摊子花开两枝,一口大锅的余火,让他的年糕总是冒着腾腾的热气。无论买他的烀白薯,还是年糕,他都给你一个薄薄的苇叶子托着,那苇叶子让你想起久违的田间,让你感到再不起眼的北京小吃,也有着浓郁的乡土气。

长大以后,我在书中读到这样一句民谚:"年糕十里地,白薯一溜屁。"说的是年糕解饱,顶时候,白薯不顶时候,容易饿。便会忍不住想起南深沟口上那个既卖年糕又卖白薯的摊子。他倒是有先见之明一样,将这两样东西中和在了一起。

懂行的老北京人,最爱吃锅底的烀白薯,这是烀白薯的上品。那样的白薯因锅底的水烧干让白薯皮也被烧糊,便像熬糖一样,把白薯肉里面的糖分也熬了出来,其肉便不仅烂如泥,也甜如蜜,常常会在白薯皮上挂一层黏糊糊的糖稀,结着嘎巴儿,吃起来,是一锅白薯里都没有的味道,可以说是一锅白薯里浓缩的精华。一般一锅白薯里就那么几块,便常有好这一口的人站在寒风中程门立雪般专门等候着,一直等到一锅白薯卖到了尾声,那几块锅底的白薯终于水落石出般出现为止。民国有竹枝词专门咏叹："因知美味唯锅底，饱啖残余未算冤。"

如今北京的四九城，哪里还能够找到卖这种烀白薯的？

2013 年 1 月 21 日改毕于北京

消失的年声

如今,年的声音,最大程度保留下来的是鞭炮。随着都市雾霾天气的日益加重,人们呼吁过年减少燃放,甚至禁止燃放鞭炮,鞭炮之声,越发岌岌可危,以至于最后消失,也不是不可能的事情。

其实,年的声音丰富得多,不止于鞭炮。只是岁月的流逝,时代的变迁,让年的声音无可奈何地消失了很多,以至于我们如忘记老朋友一样遗忘了它们而不知不觉,甚至觉得理所当然或势在必行。

有这样两种年声的消失,最让我遗憾。

一是大年夜,在吃完年夜饭之后,在燃放鞭炮之前,老北京曾经有这样一项节目,即要把早早在节前买好的干秫秸秆或芝麻秆,放到院子里,呼叫着街坊四邻的孩子们,从各家跑出来,跑到干秫秸秆或芝麻秆上面,去尽情地踩。踩得秆子越碎越好,越碎越吉利;踩得声音越响越好,越响越吉利。这项节目,名曰"踩岁",是要把过去一年的不如意和晦气都踩掉,不要把它们带进就要到来的新的一年里。这是孩子们最爱玩的,民俗中带有游戏的色彩。满院子吱吱作响的欢快的"踩岁"的声音，是马上就要响起来的鞭炮声音的前奏。

这真的是我们祖辈一种既简便又聪明的发明，不用几个钱，不用高科技，和大地亲近，又带有浓郁的民俗风味。可惜，这样别致的"踩岁"的声音，如今已经成了绝响。随着四合院和城周边农田逐渐被高楼大厦所替代，秫秸秆或芝麻秆已经难找，即便找到了，没有了四合院，在高楼簇拥的小区里，缺少了一群小伙伴的呼应，别看"踩岁"简单，却成了一种奢侈。

另一种声音，消失得也怪可惜的。大年初一，讲究接神拜年，以前，这一天，卖大小金鱼的，会挑担推车沿街串巷到处吆喝。在刚刚开春有些乍暖还寒的天气里，这种吆喝的声音显得清冽而清爽，充满唱歌一般的韵律，在老北京的胡同里，是和各家开门揖客拜年的声音此起彼伏的。一般听到这样的声音，大人小孩都会走出院子，有钱的人家，买一些珍贵的龙睛鱼，放进院子的大鱼缸里，讲究的是"天棚鱼缸石榴树"；没钱的人家，也会买一两条小金鱼抱回家，养在粗瓷大碗里。统统都称之为"吉庆有余"，图的是和"踩岁"一样的吉利。

在老舍的话剧《龙须沟》里，即使在龙须沟那样贫穷的地方，也还是有这样卖小金鱼的声音回荡。那是北京解放初期，虽然经济不富裕，但民俗的东西流失得还不多。如今，在农贸市场里，小金鱼还有的卖，但沿街吆喝卖小金鱼那唱歌一般一吟三叹的声音，只能在舞台上听到了。不过，那只是拟声和仿声。试想一下，即使那叫卖小金鱼的声音还能存活到今日，那些胡同今天在哪儿呢？即便那些胡同也还在，四周数量暴涨的小汽车的轰鸣声，也早就把那单薄的叫卖声淹没了。

年的声音，一花独放，只剩下鞭炮，多少变得有些单调。

过年，怎么可以没有年的味道和声音？仔细琢磨一下，如果说年的味道，无论是团圆饺子，还是年夜饭所散发的味道，更多来自过年的"吃"上面；年的声音，则更多体现在过年的"玩"的方面。再仔细琢磨一下，会体味得到，其实，通过过年这样一个形式，前者体现农业时代人们对于物质的追求，后者体现人们对于精神的向往。年味儿，如果是现实主义的；年声，就是浪漫主义的。两者的结合，才是年真正的含义。不是吗？

2014年春节前夕于北京

京城花事

老北京，没有街行树，街道上是没有什么花可看的。到了春天，花一般是开在皇家园林、寺庙和四合院里。老北京人赏花，得到这三处去，皇家园林进不去的时候，到寺庙里连烧香拜佛带赏花，便是最佳选择。春节过后，过了春分，二月二十五，有个花朝日，是百花的生日，那一天，人们会到寺庙里去，花事和佛事便紧密地连在一起。因此，在皇家园林还没有开放为公园的年代，到寺庙里赏花，是很多人共有的选择。

过去，老北京有个顺口溜：崇效寺的牡丹，花之寺的海棠，天宁寺的芍药，法源寺的丁香。意思说，开春赏花，不能不去这四座古老的寺庙，那里有京城春花的代表作。那时候，到那里赏花，就跟现在年轻人买东西要到专卖店里一样，是老北京人的讲究。可以看出，老北京人赏花，讲究的是赏花要拔出萝卜带出泥一样，要连带出北京自己悠久又独特的历史和文化的味道来。就跟讲究牡丹是贵客、芍药是富客、丁香是情客一样，每一种花要有一座古寺依托，方才剑鞘相合，鞍马相配，葡萄美酒夜光杯相得益彰。

崇效寺的牡丹，以种植面积大、铺展成片而为人赏心悦目。当然，那里的绿牡丹更是名噪京城，因为那时候开绿色花瓣的牡丹，满北京只此一家，别无分店。花之寺的海棠，在五四时期的女作家凌叔华的笔下有过描述，她特意将自己的小说集命名为《花之寺》。天宁寺的芍药，和寺本身历史一样悠久。不过，法源寺的丁香，应该更有名一些，有清诗形容那里的壮观："杰阁丁香四照中，绿荫千丈拥琳宫。"说丁香千丈之长是夸张，但簇拥在法源寺的一片丁香花海，为京城难见的景观，是吸引人们来的主要原因。

有意思的是，这四座古寺都在宣南，应该说和那时候宣南居住的众多文化人相关。花以人名，人传花名，文人的笔，让这里的花代代相传。这四座古寺的花事，连同明清两代文人留下的诗章，便成为宣南文化的一部分。

这四座古寺的花事繁盛，一直延续到民国。从文字记载来看，起码在1920年代，泰戈尔访问北京时的重要活动，一个是和梅兰芳在开明剧院赏京戏，一个便是和徐志摩到法源寺里看丁香。读张中行先生的文章，知道1940年代，还能看得到崇效寺为牡丹施"大肥"（即煮得特别烂的猪头和下水）。

如今，这四座古寺，仅存天宁和法源两寺。近些年，法源寺的丁香，名声大过天宁寺的芍药，原因在于重修法源寺之后，悯忠台旁、钟鼓楼下、念佛台前，补种有百余株丁香，盛开起来，烂烂漫漫，重现当年的胜景，并年年趁丁香花开之机，举办丁香诗会。尽管诗的水平参差，远不如古人，却聊补古寺花事的遗憾，再现当年有花有诗的盛况。丁香盛开的时候，法源寺花香四溢，人流如鲫。可以说，是花事繁盛的四大名寺中硕果仅存的一座寺庙。

崇效寺的牡丹,早在解放初期,就都移植到了中山公园。那个时代,新中国更重视公园的建设,崇效寺的牡丹,也算是找了个好人家。我小时候,开春时节,哪儿都不去,家长得花5分钱买一张门票,带我到中山公园看牡丹。如今,哪个公园里都有牡丹,但我敢说哪一处也不像中山公园的牡丹是出自名门,且年头最为久远,中山公园的牡丹才真正是魏紫姚黄,国色天香。这几年,中山公园引进郁金香,在我看来,再花姿别样的郁金香,也盖不过风采绰约的牡丹,因为它的牡丹都曾经摇曳在历史的风中。

当然,老北京寺庙里的花,可赏的并不仅局限于上述四家的。早春赏玉兰,就有大觉寺和潭柘寺。大觉寺的玉兰是明朝的,历史之久,为京城之首;潭柘寺的玉兰一株双色,号称"二乔",花和美人一体化,引人遐想。但那里毕竟在很远的郊外了,上述四家古寺却都是在今天的城中心附近。就近赏花,就跟那时候看戏一样,戏园子就在家附近,抬脚几步就到,看戏就方便。再美若天仙和富贵骄奢的花,在这时候都要表现得亲民一些,如同"旧时王谢堂前燕,飞入寻常百姓家"一样,便成为京城花事的一大特色。所以,如今慕名前往大觉潭柘二寺看玉兰的人不少,但更多的人还是到颐和园看玉澜堂的玉兰,毕竟去那里更方便些。

前两天去劳动人民文化宫,看到太庙大门外两株高大的玉兰,不像别处玉兰只是在瘦削的干枝上开几朵料峭的花朵,而是花开满树,一朵压一朵,密不透风,盖住了几乎所有的枝条和树干,像是涌来千军万马,陡然擎起一树洁白的纱幔在迎风招展。

心想，这两株玉兰的年头也不小了，看玉兰，到这里更近，人也少，格外清静，花和人便各得其所，相看两不厌，应该是个不错的选择。

老北京的花，除了寺庙，还开在自家的院落里。不过，社会存在阶级或阶层的分野，现实便有抹不去的贫富差别。赏花，便不可能一律平民化。在老北京，老舍先生写过的《柳家大院》里的那种大杂院里，连吃窝窝头都犯愁，院子里一般是没有什么花可种、可赏的。我小时候住在前门楼子西侧的西打磨厂街一个叫作粤东会馆的大院里。这个大院要比柳家大院强许多，是清朝留下的一座老宅院，占地两亩，典型的老北京的三进三出有二道门和影壁的大院。尽管年久失修，人多杂乱，不少花木被破坏，但我小的时候，院子里还有三株老枣树和两株老丁香，那两株丁香，一株开紫花，一株开白花，春天开花的时候，一树紫色如云，一树洁白如雪。

当然，真正有花可种、可赏的，是有权有钱居住在那种典型四合院里的人家，这样的人家，不为官宦，起码也得家境殷实。一般四合院，春天种海棠和紫藤的居多。老北京，海柏胡同朱彝尊的古藤书屋，杨梅竹斜街梁诗正（他当时任吏部尚书）的清勤堂，虎坊桥纪晓岚的阅微草堂，这三家的紫藤最为出名，据说这三家的紫藤都为主人当时亲手种植。"藤花红满檐""满架藤荫史局中""庭前十丈藤萝花"，这三句诗，分别是写给这三家的紫藤花的，也是后人们遥想当年藤花如锦的凭证。

前些年，我分别造访过这三处，古藤书屋正被拆得七零八落，清勤堂的院落虽然破败却还健在，阅微草堂被装点一新，成为晋阳饭店。如今，阅微草堂的紫藤，因修两广大街时扩道，大门被拆,本来藏在院子里的紫藤亮相在大街上,一架紫色花瓣翩翩欲飞,成为一街的盛景。杨梅竹斜街正在改造,清勤堂肯定会被整修,只是不知道会不会补种一株紫藤,再现"满架藤荫史局中"的繁盛。

春末时分,蔷薇谢去,荼蘼开罢,紫藤是春天最后的使者了。它的花期比较长,花开之余,用花做藤萝饼,是老北京人的时令食品。如今,老四合院里的藤萝少见了,但藤萝饼在遍布京城的稻香村各分店里,都可以买到。那是京城春天花事舞台的变幻,是花的精魂另一种形式的再现。当然,也可以说人们从观花到吃花,是浪漫主义到实用主义的转移。春天里热热闹闹的京城花事,到此落幕,最后竟吃进肚子里,一点都没糟尽。

2015 年 3 月 21 日春分写毕于北京

无花果

在我们大院里，爱侍弄一些花花草草的街坊有好多，景家是其中主要的一家。景家养花草，最为引人的是品种多。景家住我们中院南房一溜三大间，宽敞的屋前，有一道宽敞的廊檐，他们家的花花草草，大盆小盆，都摆在廊檐下面。那廊檐简直就成了一道花廊，春天常常招惹蜜蜂蝴蝶在那里飞舞，也常常惹我们一帮孩子往景家那些花那边瞧。

有一年春天，景家的孩子送来一盆植物，我不认识是什么，长有半人多高，铺铺展展的大叶子，挺招人稀罕的。景家的花姹紫嫣红，都正开得烂烂漫漫的，唯独这盆新来的植物不开花。这让我特别好奇。我想，可能不像是桃花，在春天开花。可是，都快过了夏天，它还是不开花，就像一个人咬紧嘴唇就是不说话一样。我想，它可能像菊花一样，得到秋天才开花吧？

这个想法，遭到我们大院九子的嘲笑。九子比我大一岁多一点，高一个年级，那年暑假过后，他就要读四年级了，自以为比我懂得多，远远地指着景家这盆植物，对我说："知道吗？这叫无花果！不开花，只结果！"

无花果,我听说过,却是第一次见到。

果然,暑假过后,景家的这盆无花果,在叶子间像藏着好多小精灵一样,开始结出了小小的圆嘟嘟的青果子,一颗颗蹦了出来。

景家原来是做小买卖的人家,有两个孩子,都各自成家,一个在外地,一个在北京,偶尔过来看看,我对这两个孩子都没有什么印象。景家只住着老两口,这些花花草草,就是老两口的伴儿,每天侍弄它们,给老两口找来很多的活儿,也给他们找来很多的乐儿。

景家无花果的果子越长越大,颜色由青变得有些发紫的时候,九子找到我,远远地指着景家廊檐下的无花果,问我:"你吃过无花果吗?"我摇摇头,然后问他:"你吃过吗?"他也摇摇头。那时候,住在我们大院里的,大多是穷孩子,像我,以前见过都没见过,无花果是稀罕物,哪来福气吃过呢?

"你敢不敢,跟着我一起去景家摘几个无花果吃?"九子这样问我,看我睁大了眼睛,刚说了句"这不成偷了吗?我妈该……"九子就立刻打断我的话:"就知道你不敢!胆子小得像耗子!"转身就跑走了。

第二天,在大院门口,我见到九子,他很得意地对我说:"可好吃了!可惜,你没有尝到,那味道,怎么说呢?特甜,还特别软,里面还有籽,特别有嚼劲儿,有股说不出的香味!"

说心里话,他说得我的心里怪痒痒的,馋虫一下子被逗了出来。我望着九子发愣。

"后悔了吧?让你昨天跟我一起去摘,你不去!"九子说着风凉话。

晚上，九子来我家，把我叫出屋，说："我是真的又想无花果的味道了，真的好吃，敢不敢跟我去景家？跟你说，天黑，他们根本看不见咱们！"

要说小时候真的是馋，没有吃过的无花果，到底是什么味道呢？还真的诱惑着我。神不知，鬼不觉，我跟着九子溜到景家屋前。窗子里的灯光幽暗，廊檐下更是黑乎乎一片，偷偷摘下几颗无花果，真的是谁也发觉不了。可是，我和九子猫着腰在廊檐下转了一圈，没有看见那盆无花果。我心里想，肯定是昨天九子没少偷摘，让景家老两口发现了，把无花果搬进屋里了。

果然，九子趴在门口，伸手招呼我，我走过去一看，无花果真的被搬进屋里，正在景家客厅的地上。九子轻轻地对我说了句："门没锁，你给我看着点，我溜进去，给你摘两个无花果就出来。"说完，他把门推开一条缝，像狸猫一样钻了进去。不知道碰到什么东西了，就听哗啦一声，惊动了景家老两口，从里屋走到客厅，拉亮了电灯。我和九子，一个在门内，一个在门外，灰溜溜地出现在景家老两口惊讶的目光中。那天晚上，我和九子的屁股都挨了各自家长的一顿鞋底子。

在以后好几年的时间里，尽管景家的那盆无花果越长越高，高得都换了好几次更大一点的花盆，我却几乎忘记了无花果。倒不是因为挨了我爸的那一顿鞋底子，让我长了教训和志气，而是毕竟我长大了，不再对那些花花草草的事情那么感兴趣，觉得那有些小儿科。无花果长它的，我长我自己的，仿佛像两条平行线，谁也不挨着谁。

一直到"文化大革命"爆发之后，秋天，我到南方大串联回来，九子来我家找到我，递给我几个乒乓球一样大小的圆嘟嘟的青中带紫的果子,对我说:"知道这是什么吗?"

我认出来了,是无花果,问他:"哪儿弄来的?"

他得意地说:"甭问哪儿弄来的,是特意给你留的,尝尝吧!"

我一口气吃了两口,软绵绵的,里面是有籽,但特别小,哪里像他说的那么香,还特别有嚼劲儿?那时,我才知道,其实,九子和我一样,小时候也没吃过无花果,一直到这时候才第一次吃这玩意儿。

我不知道的是,就在我去南方大串联的时候,商家老太太带着一帮红卫兵闯进我们大院,抄了景家的家。九子跟在一帮红卫兵屁股后面浑水摸鱼。真的有些匪夷所思,他去景家,不是为了抄家,而是为了吃人家的无花果。红卫兵没有在景家抄出什么,没有战果,一气之下,把景家廊檐里那些花花草草连同无花果都扔到院子里,说这是资产阶级的闲情逸致。花盆立刻被摔碎,已经长得很高的无花果,果子和枝叶零落一地,九子趁机揣了一口袋的无花果。

那天半夜里,我闹肚子,上吐下泻,没有办法,我爸把我送到医院看急诊。大夫问我白天吃什么东西了,我说没吃什么呀!再一想,是吃了无花果。

不知道为什么,从那以后,我只要一吃无花果,一准儿闹肚子。三十多年后的一天,在新疆库车的集市上,看到卖无花果的,那无花果又大又甜,我禁不住诱惑,吃了两个,夜里就开始上吐下泻,而且发起烧来。

后来,读美国植物学家迈克尔·波伦所著的《植物的欲望》一书。我惊讶地看到他说,植物与我们人类有一种亲密互惠关系,我们人自己也是植物物种的设计和欲望的对应物。这实在是大自然的神奇，也是命运惩戒人类的象征。

从此以后，我再也不敢吃无花果。

我已经好多年没见九子了，不知道他还敢不敢再吃无花果。

2015 年 7 月 2 日于北京

北京的树

老北京以前胡同和大街上没有树,树都在皇家的园林、寺庙或私家的花园里。故宫御花园里号称北京龙爪槐之最的"蟠龙槐",孔庙大成殿前尊称"触奸柏"的老柏树,潭柘寺里明代从印度移来的娑罗树,颐和园里的老玉兰树,甚至天坛里那众多的参天古树……莫不过如此。清诗里说"前门辇路黄沙软,绿杨垂柳马缨花",那种街头有树的情景是极个别的,甚至我怀疑那仅仅是演绎。

北京有了街树,应该是民国初期朱启钤当政时引进了德国槐之后的事情。那之前,除了皇家园林,四合院里也是讲究种树的,大的院子里,可以种枣树、槐树、榆树、紫白丁香或西府海棠,再小的院子里,一般也要有一棵石榴树,老北京有民谚:"天棚鱼缸石榴树,先生肥狗胖丫头。"这是老北京四合院里必不可少的硬件。但是,老北京的院子里,是不会种松树柏树的,认为那是坟地里的树;也不会种柳树或杨树,认为杨柳不成材。所以,如果现在你到了四合院里看见这几类树,那都是后栽上的,年头不会太长。

如今，到北京来，想看到真正的老树，除了皇家园林或古寺，就要到硕果仅存的老四合院了。

在南半截胡同的绍兴会馆里，还能够看到当年鲁迅先生住的补树书屋前那棵老槐树。那时，鲁迅写东西写累了，常摇着蒲扇到那棵槐树下乘凉，"从密叶缝里看那一点一点的青天，晚出的槐蚕又每每冰冷的落在头颈上"（《呐喊》自序）。那棵槐树现在还是虬干苍劲，枝叶参天，起码有一百多岁了，比鲁迅先生活得长。

在上斜街金井胡同的吴兴会馆里，还能够看到当年沈家本先生住在这里就有的那棵老皂荚树。两人怀抱才抱得过来，真粗。树皮皴裂如沟壑纵横，枝干遒劲似龙蛇腾空而舞的样子，让人想起沈家本本人。这位清末维新变法中的修律大臣、我国法学的奠基者的形象，和这棵皂荚树的形象是那样吻合。据说，在整个北京城，这是屈指可数最粗最老的皂荚树之一。

在陕西巷的榆树大院，还能够看到一棵老榆树。当年，赛金花盖的怡香院，就在这棵老榆树前面。之所以叫榆树大院，就因为有这棵老榆树，现在，站在当年赛金花住的房子的后窗前，还可以清晰地看到那榆树满树的绿叶葱茏，比赛金花青春常在，仪态万千。

西河沿192号，原来的莆仙会馆，尽管早已经变成了大杂院，后搭建起的小房如蘑菇丛生，但院子里有棵老黑枣树，一直没舍得砍掉。在北京的四合院里，种马牙枣的院子有很多，但种这种黑枣树的很少。那年夏天，我专门到那里看它，它正开着一树的小黄花，落了一地的小黄花，真是漂亮。当然，我说的是十多年前的事情了，不知道如今这棵黑枣树是否还健在。

尽管山西街如今拆得仅剩下盲肠一段，前面更是拆得光光的，矗立起高楼大厦，但甲十三号的荀慧生故居还在。当年，荀慧生买下这座院子，亲手种有苹果、柿子、枣树、海棠、红果多株。到果子熟了的时候，会分送给梅兰芳等人分享。唯独那柿子熟透了不摘，一直到数九寒冬，来了客人，用竹梢头从树枝头打下硬邦邦的柿子，请客人把带冰碴儿的柿子吃下，老北京人管这叫作"喝了蜜"。如今，院子里只剩下两棵树，一棵便是曾经无数次结下"喝了蜜"的柿子树，一棵是枣树。去年秋天，我去那里，大门紧锁，进不去院子，在门外看不见那棵柿子树，只看见枣树的枝条伸出墙头，枣星星点点，结得挺多的。老街坊告诉我，前两天，刚打过一次枣。

离荀慧生故居不远的西草厂街88号的萧长华的故居里，也有一株枣树，比荀慧生院子的枣树年头还长。同荀慧生爱种果树一样，这棵枣树是萧长华先生亲手种的。前些日子去那里看，虽然院子已经凋零一片，但枣树居然还活着。

在北京四合院里，好像只有枣树有着这样顽强的生命力。因此，在北京的四合院里，枣树是种得最多的树种。小时候我住的四合院里，有三株老枣树，据说是前清时候就有的树，别看树龄很老，每年结出的枣依然很多，很甜。所谓青春依旧，在院子里的树木中，大概只有枣树了。我们大院的那三株老枣树，起码活了一百多年，如果不是后来人们为了住房改造砍掉了它们，起码现在还可以活着。如今，我们的大院拆迁之后，那里建起了崭新的院落，灰瓦红柱绿窗，很漂亮，不过，没有那三株老枣树，院子的沧桑历史感，怎么也找不到了。

如今，北京城的绿化越来越漂亮，无论街道两侧，还是小区四围，种植的树木品种越来越多，却很少见到种枣树的。这种变化，是老北京断然没有想到的，人们对于树木的价值需求和审美标准，就这样发生着变化。老北京四合院的枣树，在这种被遗忘的失落中，便越发成为我们对过往岁月的一种怅惘的回忆，很有老照片的感觉。

在我所见的这些树木中，最容易活的树是紫叶李，最难活的是合欢树，亦即前面所引清诗里说的马缨花。十多年前的夏天，我的孩子买房子时，便看中小区里的一片合欢树，树上满是毛茸茸绯红色的花朵，看得人爽心悦目。如今，那一片合欢树，只剩下六株苟延残喘。记得我读小学的时候，离我家不远的通往长安街的一条大道两侧，种满合欢树，夏天一街茸茸粉花，云彩一般浮动在街的上空，在我的记忆里，是全北京城最漂亮的一条街了。可惜，如今那条街上，已经一株合欢树也没有了。

离宣武门不远的校场口头条，是一条闹中取静的小胡同，在这条胡同的 47 号，是我们汇文中学的老学长、学者吴晓铃先生的家。他家的小院里，有两株老合欢树，不知道如今是否还活着。那年，我特意去那里，不是为拜访吴先生，因为吴先生已经仙逝，而是为看那两株合欢树。合欢树长得很高，探出墙，将毛茸茸的粉红色的花影，斑斑点点地辉映在大门上吴先生手书的金文体的门联上——"宏文世无匹，大器善为师"。那花和这字，才如剑鞘相配，相得益彰。如诗如画，世上无匹。

曾经有一段时间，我着了迷一般，像一个胡同串子，到处寻找老院子里硕果仅存的老树。都说树有年轮，树的历史最能见证北京四合院沧桑的历史。树的枝叶花朵和果实，最能见证北京四合院缤纷的生命。尤其是那些已经越来越少的老树，是老四合院的活化石。老院不会说话，老屋不会说话，迎风抖动的满树的树叶会说话呀。记得为北京四合院写过专著的邓云乡先生，有一章专门写"四合院的花木"。他格外注重四合院的花木，曾经打过这样一个比方，说京都十分春色，四合院的树占去了五分。他还说过，如果没有一树盛开的海棠、榆叶梅、丁香……又如何能显示四合院中无边的春色呢？

十多年过去了，曾经访过的那么多老树，说老实话，给我印象最深的，还不是上述的那些树，而是一棵杜梨树。

十二年前的夏天，我在紧靠着前门的长巷上头条的湖北会馆里，看到这棵杜梨树。它枝叶参天，高出院墙好多，密密的叶子摇晃着天空，浮起一片浓郁的绿云，春天的时候，它会开满一树白白的花朵，煞是明亮照眼。虽然，在它的四周盖起了好多小厨房，本来轩豁的院子显得很狭窄，但人们还是给它留下了足够宽敞的空间。我知道，人口的膨胀，住房的困难，使好多院子的那些好树和老树，都被无奈地砍掉，盖起了房子。前些年，刘恒的小说《贫嘴张大民的幸福生活》，被改编成电影《没事偷着乐》，英文的名字叫 *A Tree in the House*（《屋子里的树》），是讲主人公没有舍得把院里的树砍掉，盖房子时把树盖进房子里面了。因此，可以看出，湖北会馆里的人们没有把这棵杜梨树砍掉盖房子，是很不容易的事情，也是值得尊敬的事情。

那天，很巧，从杜梨树前的一间小屋里，走出来一位老太太，正是种这棵杜梨树的主人。她告诉我她已经87岁，不到十岁搬进这院子来的时候，她种下了这棵杜梨树。也就是说，这棵杜梨树有将近八十年的历史了。

那年的冬天，我旧地重游，那里要修一条宽阔的马路，湖北会馆成了一片瓦砾，但那棵杜梨树还在，清癯的枯枝，孤零零地摇曳在寒风中。虽多少有些凄凉，但毕竟还在。我想起了俄罗斯的一位作家写过的一篇小说，说一座城市修路，中间遇到一棵老树，于是这座城市的领导和专家一起讨论，要不要为修路把树砍掉。最后，为了树，路绕了一个弯。我心里为这棵杜梨树庆幸，也许为了它，新修的马路也会绕一个弯。

那位老太太让我难忘，还在于她对我讲过这样一段话。那天，我对她说："您就不盼着拆迁住进楼房里去？起码楼里有空调，这夏天住在这大杂院里，多热呀！"她瞥瞥我，对我说："你没住过四合院？"然后，她指指那棵杜梨树，又说，"哪个四合院里没有树？一棵树有多少树叶？有多少树叶就有多少把扇子。只要有风，每一片树叶都把风给你扇过来了。"老太太的这番话，我一直记得，我觉得她说得特别好。住在四合院里，晚上坐在院子里的大树下乘凉，真的是每一片树叶都像是一把扇子，把小凉风给你吹了过来，自然风和空调里制造出来的风不一样。

日子过得飞快，十二年过去了。这十二年里，偶尔，我路过那里，每次都忍不住会想起那位老太太。那棵杜梨树已经不在了，我却希望老太太还能健在。如果在，她今年99岁，虚岁就整一百岁了。

2017 年 6 月 26 日写于北京

瓦浪如海

老北京四合院的房顶铺的都是鱼鳞瓦。一片灰色的瓦，紧挨着一片灰色的瓦，连接着一片浩瀚的灰色，铺铺展展，犹如云雾天里翻涌的海浪一样，一波又一波，直涌到天边。

这种由鱼鳞瓦组成的灰色，和故宫里那一片碧瓦琉璃，做着色彩鲜明的对比。虽不如碧瓦琉璃那般炫目，那般高高在上，但满城沉沉的灰色，低矮着，沉默着，无语的沧桑，力量沉稳，秤砣一般压住了北京城，铁锚一样将整座城市稳定在蓝天白云之下。难怪贝聿铭先生那时来北京，特别愿意到景山顶上看北京城这些灰色的鱼鳞瓦顶，对此情有独钟。

同样作为建筑师，张开济之子张永和先生，对这些由鱼鳞瓦所呈现的灰色，拥有着和贝聿铭先生同样由衷的情感。这位从小在奶子胡同里长大的建筑师，对这样的鱼鳞瓦再熟悉不过，他说："我成长于一个拥有低矮地平线的城市中。从空中俯瞰，你只能看到单层砖屋顶上灰色的瓦浪向天际展开，打破这波浪的是院中洋溢着的绿色树木，以及城中辉煌的金色。"

他说得真好，特别是他说的"灰色的瓦浪向天际展开"，真的是太好了。是的,那些绿色的树木和城中辉煌的金色,只有在这样一片灰色的瓦浪中,才会显示出自己的力量。

在我的童年,即 1950 年代,北京的天际线很低,不用站在景山上面,就是站在我家的房顶上,从脚下到天边,一览无余,基本上是被这些起伏的鱼鳞瓦顶所勾勒。因为那时候成片成片的四合院还在,而且占据了北京城的大部分空间。想贝聿铭先生看见这样的情景,一定会觉得这才是老北京,是世界上任何一座城市都没有的色彩和力量吧?

想想,真的很有意思,那时候,四合院平房没有如今楼房的阳台或露台,鱼鳞状的灰瓦顶,就是各家的阳台和露台,晒的萝卜干、茄子干或白薯干,都会扔在那上面;端午节,艾蒿和蒲剑在门上插过之后,也要扔到房顶,图个吉利;谁家刚生小孩子,老人讲究用葱打小孩子的屁股,取葱的谐音,说是打打聪明,打完之后,还要把葱扔到房顶,这到底是什么讲究,我就弄不明白了。

对于我们许多孩子而言,鱼鳞瓦的灰色房顶,就是我们的乐园。老北京有句俗话,叫"三天不打,上房揭瓦",说的就是我们这样的小孩子,淘得要命,动不动就跑到房顶上揭瓦玩,是那时司空见惯的儿童游戏。

我刚上小学,跟着大哥哥大姐姐们一起从院子的后山墙爬上房顶,弓着腰,猫似的在房顶上四处乱窜,故意踩得瓦噼啪直响。常常会有大妈大婶从屋里跑出来,指着房顶大骂:"哪个小兔崽子呀,把房踩漏了?留神我拿鞋底子抽你!"她们骂我们的时候,我们早都踩着鱼鳞瓦跑远,跳到另一座房顶上了。

鱼鳞瓦,真的很结实,任我们成天踩在上面那么疯跑,就是一点也不坏。单个看,每片瓦都不厚,一踩会裂,甚至碎,但一片片的瓦铺在一起,铺成了一面有坡度的房顶,就那么结实。它们是一片瓦压在一片瓦的上面,中间并没有什么泥粘连,像一只小手和另一只小手握在了一起,可以有那么大的力量,也真是怪事,那时常让我好奇而百思不解。

漫长的日子过去之后,大院里有的老房漏雨,房顶的鱼鳞瓦换成波浪状的石棉瓦,或油毡和沥青抹的一整块平整的坡顶,说实在的,都赶不上鱼鳞瓦。不仅质量不如,一下大雨接着漏,也不如鱼鳞瓦好看。少了鱼鳞瓦的房顶,就如同人的头顶斑秃一般,即使戴上颜色鲜艳的新式帽子,也不是那么回事了。

十几年前,听说老院要拆,我特意回去看看,路过长巷上头条,看见那里已经拆光大半条胡同了。一辆外地来的汽车挎斗里,装满了从房顶上卸下来的鱼鳞瓦。那些鱼鳞瓦,一层层,整整齐齐地码在车上,和铺铺展展在屋顶上的景象完全不一样了,尽管也呈鱼鳞状,却像是案板上待宰的一条条鱼,没有了生气,更没有瓦浪如海、翻涌向天际展开的气势了。

我望着这满满一车的鱼鳞瓦,经历了一百多年的雨雪风霜,还是那样结实,那样好看。又有谁知道,在那些鱼鳞瓦上,曾经上演过多少童年的游戏,承载着多少童年的欢乐呢?又有过多少比我们的游戏和欢乐更沧桑的故事呢?

其实,那时在房顶上踩着鱼鳞瓦疯跑的游戏,平日里并没有任何内容,但形式带给我们的快乐大于内容,能惹得邻居大骂却又逮不着我们,便成了我们的乐事。当然,要说它带给我们最大的快乐,一是秋天摘枣,一是国庆节看礼花。

那时,我们的院子里有三棵清朝就有的枣树,我们可以轻松地从房顶攀上枣树的树梢，摘到顶端最红的枣吃，也可以站在树梢上，拼命摇树枝，让那枣纷纷如红雨落下，噼噼啪啪砸在房顶的瓦上，溅落在院子里。比我们小的小不点，爬不上树，就在地上头碰头地捡枣，大呼小叫，可真的成了我们孩子的节日。

打枣一般都在中秋节前，这时候，国庆节就要到了。打完了枣，下一个节目就是迎接国庆了。

国庆节的傍晚，扒拉完两口饭，我们会溜出家门，早早爬上房顶，占领有利地形，等待礼花腾空。那时候，即使平常骂我们最欢的大妈大婶，也网开一面，一年一度的国庆礼花，成了那一天我们上房的通行证。由于那时没有那么多的高楼，晚霞中的西山尽收眼底。我们的院子就在前门东侧一点，前门楼子和天安门广场都是看得真真的，仿佛就在眼前，连放礼花的大炮都看得很清楚。看着晚霞一点点消失，等候着夜幕一点点降临，就像等待着一场大戏上演一样。我们坐在鱼鳞瓦上，心里充满期待，也有些焦急，不住问身边的大哥哥大姐姐："礼花什么时候放呀？"

我们心里比谁都清楚，让我们期待和焦急的，不仅仅是礼花点燃的那一瞬间，更是礼花放完的那一刻。由于年年国庆都要爬到房顶上看礼花，我们都有了经验，随着礼花腾空会有好多白色的小降落伞，一般国庆那一天都会有风，那些小降落伞便都会随风飘过来。燃放礼花的那一瞬间，我们会稳稳坐在那里，看夜空中色彩绚丽的礼花，绽放在我们的头顶。但降落伞飘来的那一刻，我们会立刻大叫着，一下子都跳了起来，伸出早已经准备好的妈妈晾衣服的竹竿，争先恐后去够那些小小的降落伞。

当然，够得着够不着，全凭风的大小和运气了。因为那一刻，附近四合院的鱼鳞瓦顶上站满和我们一样的孩子，和我们一样在伸着竹竿够降落伞。风如果小,就被前面院子的孩子够走了;风要是大,降落伞就会像成心逗我们玩似的从头顶飞走。记得建国十周年那时,我上小学五年级,属于大孩子了。那一天晚上,不知是天助我也,还是那一年国庆放的礼花多,降落伞飘飘而来,一个接着一个,让我轻而易举就够着一个,还挺大的个头,成为我拿到学校显摆的战利品。

也就是从那一年以后,我没再上房玩了。也许,是认为自己长大了吧。便也就此和鱼鳞瓦告别。一直到十几年前,重返我们的老院,又看到童年时爬过的房顶,踩过的鱼鳞瓦,才忽然发现和它们这么久没有相见了;也才发现瓦间长着一簇簇的狗尾巴草,稀疏零落,枯黄枯黄的,像是年纪衰老的鱼鳞瓦长出苍老的胡须,心里不禁一动,有些感喟。

其实,这种狗尾巴草,童年时就曾经见过,它们一直都是这样长在瓦缝之间。风吹日晒,瓦缝之间一点点可怜的泥土早就风干,变得很硬,不知道狗尾巴草是怎么扎下根的,一年又一年,总是长在那里,它们的生命力和鱼鳞瓦一样顽强而持久。

去年的秋天,我路过草厂胡同一带,那里的几条胡同已经被打理一新,地面重新铺设了青砖,四合院重新改造,房顶被改造成露台。顺着山墙新搭建的梯子,爬到房顶,楼房遮挡得远处看不到了,但附近胡同四合院里房顶的鱼鳞瓦,还能看得很清楚。尽管已经没有了张永和先生说的"灰色的瓦浪向天际展开"的景象,却还是让我感到亲切,仿佛又见到了童年时候的伙伴。真的,这和看惯各式各样的楼顶,哪怕是青岛那样漂亮的红色楼顶的感觉,是不一样的,因为这种灰色的鱼鳞瓦,才能带给我老北京实实在在的感觉,一种家的感觉。

我还看见了眼前不远处屋顶上鱼鳞瓦之间长出的狗尾巴草，迎着瑟瑟秋风，摇曳着枯黄的颜色，和鱼鳞瓦的灰色，吟唱着二重唱。我忽然想起了刚刚逝去的余光中先生写过的一首题为《狗尾草》的小诗：

> 最后呢谁也不比狗尾草更高
> 除非名字上升，向星象去看齐
> 去参加里尔克或者李白
> 此外——
> 一切都留在草下

　　在我的眼前，在那一片灰色的鱼鳞瓦前，这首诗的最后一句应该改成这样：

> 此外——
> 一切都留在瓦浪下

2018 年 5 月 3 日于布卢明顿

老屋小记

"北京十月文学月"期间,组织者搞了一个"文学行走"的活动,让我带着一帮人去走前门外的几条胡同。我带着他们先到了前门楼子东侧的西打磨厂街,那是我童年、少年和青年居住过的一条老街,我自然很熟悉,想当年,在这条明朝就有的老街上,一天恨不得走八遍。

轻车熟路,便来到了老街路南的粤东会馆。我告诉跟我而来的这些朋友,从落生不久到去北大荒插队,我就是在这座大院里生活了 21 年。我很愿意让大家看看大院,它就像我小时候一张光屁股的照片,可以让大家看到岁月曾经留下的影像,听到时光流逝的声音。

如今,粤东会馆有两扇大门,一扇红漆明亮簇新,一扇黑漆斑驳脱落。十几年前,西打磨厂就面临拆迁,大院早已经面目皆非。东跨院几户人家坚持不搬,没有办法,只好留下这扇黑漆老门,大院其他部分都早被夷为平地,盖起了新房子。于是,才有了这扇红漆新门。一新一旧,一红一黑,一妻一妾般相互对峙,如同布莱希特的话剧,有了跨越历史的间离效果。

可惜，两扇大门都紧锁着，无法进去看看里面到底变成了什么样子。有时候，历史是可以由后人加以改造的，改造后的历史，经过一段时间的做旧，打上了新的包浆后，很容易不声不响地让人们相信历史就是这样子。

今年夏天，两个小孙子，一个八岁半，一个六岁半，从美国来北京，我带着他们来到大院前，两扇大门也是这样紧锁着。我很想让他们看看爷爷像他们这么大的时候住的地方，让他们能够触摸到一点历史的脉搏；踩一踩岁月影子的尾巴，看看是不是头跟着也会动；让他们知道他们的根在哪里。两个孩子，和现在跟着我来的人们一样，也只是扒着大门的门缝，使劲地看里面那被挤扁而模糊的院落。

我们正要转身离去的时候，迎面碰见一位老街坊，挥着手在招呼着我。知道我想进老院看看，对我说："走，跟着我！"他打开黑漆大门，我指着红漆大门对他说："进不了新院子呀！"他说："屋后面有段矮墙，翻过去就是新院子了！"

跟着他进了院门，果然，东跨院种满花草的南墙后面，有一道齐腰高的矮墙，他扶着我迈过矮墙，一队人马也相跟着迤逦而过。就听见身后有人大喊："谁啊，这么大动静？"这位老街坊冲后面喊话的人说："不是外人，是复兴来了！"走近一看，是牛子妈，她看见我，笑笑摆手让我们进了院子。

那一刻，我感到那样温馨，就像小时候我们一群孩子爬上了房，踩得她的房顶砰砰直响，她跑出屋，冲着我们高声大喊一样。过去的一切，是那么亲切。那时候，她多么年轻，牛子和我还都是小孩子。

院子里全部都是翻盖新建的房子，原来的格局没有变，老枣树、老槐树和老桑树,都没有了。人去屋空,没有任何杂物堆积的院子,显得更为幽深。没有了以往的烟火气,空旷的院子像是一个搬空了所有道具的舞台,清静得有些让人觉得发冷。站在院子里,感觉像有一股股的凉水,从各个角落里涌来,冲到我的脚后跟。

甬道最里面东头那三间房子,就是我原来的家。灰瓦,红门,绿窗。地砖,窗台,房檐。清风,朗日,花香。好像日子定格在往昔,只有那些新鲜的颜色,不小心泄漏了沧桑的秘密。

多少孩提时的欢乐,少年时的忧伤,青春期如春潮翻滚的多愁善感,都曾经在这里发生。多少人来人往,生老病死,爱恨情仇,纷至沓来又错综交织的记忆,也都曾经在这里起落浮沉。

我们走进屋子。原来三间小屋是打着两个间壁的,最早是在秸秆上抹上泥,再涂上一层白灰,成为单薄的间壁墙。现在,没有了间壁,三间小屋完全被打通,墙白地平,一览无余,显得轩豁了许多,仿佛让曾经拥挤不堪的日子,一下子舒展了腰身。

有个年轻的朋友问我:"你父亲的那块老怀表,是挂在那面墙上的?"

是啊,挂在哪里的呢?我在《父亲》那篇文章中,写过那块英格牌的老怀表,跟随父亲颠簸大半生,最后在闹灾荒吃不饱肚子的年月里,从墙上摘下,卖给了委托行,变成了全家人的吃食。

一切逝去的流年碎影,在那一刻像又重新活过来的鱼,揵鳍掉尾地游到面前。

挂怀表的那面间壁墙,已经没有了。

我指着原来间壁的地方,告诉他:"就在这里。"如今,只有空荡荡的空气了。

那面间壁墙！不知为什么，突然之间，像不请自入的访客闯进门来，一道刺目的光，照亮尘埋网封中的一件往事，溅起四周一片尘土飞扬。

这件往事，和那面间壁墙有关。

我读小学六年级，或者是初一的时候，开春一天乍暖还寒的上午，我病了，发烧，没有去上学，躲在家中，倚被窝子。弟弟上学，爸爸上班，妈妈出去买菜，屋里只剩下我一个人，显得格外静，静得能听得见我自己怦怦的心跳。

上午的阳光，在纸窗上跳跃，变化着奇形怪状的图案。翻来覆去在床上折饼，怎么也睡不着。不知为什么，我从床上爬了起来，找到妈妈的针线笸箩，从里面拿起一把剪刀。那一刻，我想自杀。

一直到现在，我都弄不明白，这个自杀的念头，是谋划好久的，还是一时兴起？我也不清楚，我为什么突然想起要自杀。是心血来潮？是孩童时代内心茫然无知？是对未来恍惚无着感到错乱？还是想念死去的母亲和远走内蒙古的姐姐？或是饥荒的年月总是饿肚子？或是比生活的拮据更可怕的出身的压抑？

也许，别人会觉得非常可笑，但当时，自杀，对于我是大事，我确实是郑重其事的，我没有把它当作儿戏。

我把自己用省下的早点钱买的仅有的几本书，从鞋箱里（那时，我家没有书架，只有这么一个小小的两层放鞋的鞋箱，腾了出来，让我放书）拿了出来，整整齐齐地放在桌子上。那是我最为珍贵的东西，被我视作唯一的遗物。

然后，我写下一封给爸爸妈妈姐姐弟弟的遗书，也郑重其事地压在书下,露出纸页长长的一角,好让他们一回家就能看到。纸很轻,很软,飘飘忽忽,游动的蛇一样,一直垂落到桌下。

我拿起剪刀准备自杀,但我不知道剪刀该往哪儿下手。往自己的脖子上?还是往胳膊上?还是心脏?在那一刻的犹豫(也许是害怕)中,我忽然抬头看见了墙上贴着的一幅年画,是爸爸过年时候新买的。画上画着一位穿着黑色旗袍的年轻的母亲,肩膀上驮着一个穿着蓝色裙子的小姑娘。小姑娘的手里高举着一朵很小很小的小红花。母女四周簇拥着的是一片紫色的玫瑰花的海洋。

在那个时代,年画上出现的人物,大多是工农兵的形象,很少能见到有这样面容清秀、身材玲珑的女人,比老式月份牌上的女人还要漂亮。这应该属于资本家的少奶奶,或知识分子家庭的小家碧玉。她的衣领中间,居然还戴着一枚镶着金边的墨绿色宝石,更是那个时代很少会在画作上出现的。她可以拿一本红宝书,戴一枚领袖头像的纪念章,怎么可以戴一枚这么醒目的绿宝石?!

这幅年画,从过年一直贴在我家的间壁墙上。我很喜欢,每次看,心里都有一种异样的感觉。这种异样的感觉,是和在外面看到什么事物不一样的感觉。而且,还有一种隐隐的爱在心里悄悄地涌动,心里常常暗想,如果她就是我的妈妈,是我的老师,该多好!

就在看到画的那一刻,我觉得画上的这个漂亮的女人,还有那个可爱的小姑娘,似乎正在看着我,看着我手里拿着的剪刀。

我的手像被烫了一下一样。我放下了剪刀。

我忽然为自己一时软弱想到自杀而羞愧。

是那个漂亮的母亲，那个可爱的小姑娘，救了我。一直到现在，我也无法捋清楚那一刻我的心理为什么会有这样逆转的变化。以现在时过境迁后的认识，美是可以拯救人的。这个世界，存在再多的丑恶，再多的不如意，再多的压抑，再多的悲痛欲绝，只要还有哪怕一点点美的存在，为了那一点点的美，也是值得活下去的。它就像凌晨天边那一抹鱼肚白的晨曦，虽然微弱，只是那么一点点，但不用多久，就会带来朝霞满天。

我把剪刀放回妈妈的针线笸箩里。

我把桌子上的那几本书放回鞋箱里。

我把那封可笑的遗书撕碎，放进火炉里，看着它们迸溅火星，烧成灰烬。

我重新躺进被窝里，吞下一片退热的药片，用被子蒙上头，浑身出汗，迷迷糊糊地睡着了。

将近六十年过去了，一直到现在，如同悔其少作一般，我从来没敢对别人讲过这桩少年往事。如果不是今天有人问我父亲那块老怀表挂在哪面墙上，我也许不会由此及彼想起这桩往事。有的往事，你以为自己早已经忘却，甚至以为忘得一点影子都没有了，其实，它只是暂时睡着了，像一头蹲仓的熊，即使经过漫长的冬季，冬眠之后还是会苏醒过来，从黑暗幽深的树洞里爬出来；或者像冻僵之后的蛇，冰雪融化之后，依然会吐着尖锐的信子，咬噬着你的心。

读高中的时候，我知道了，曾经贴在我家墙上的那幅漂亮的年画，是画家哈琼文画的。去年，在中国美术馆的一次画展中，我意外看见了哈琼文这幅年画的原作。如同他乡遇故知一般，我的心里漾出一股难以言说的感动，甚至激动，站在那里看着，久久未动。少年时代的往事，悄悄划过心头。

画面上的那位母亲，还是那么漂亮。

她只有活在画的上面，才会永远那么漂亮。

画面上的那位母亲，还是那么年轻。

而我却早已经老了。

老屋，也更老了。尽管如今翻建一新，油饰一新。在脸上涂抹再新再厚的粉底霜，也难以遮挡岁月的风霜。

老屋！

2018 年 11 月 15 日于北京

辑五

山水传奇

波兰沉思

那天,我去参观位于华沙古城内的皇宫,虽然已经是春天了,但飘起了细雪霏霏,陡增几分凄清的寒意。

波兰在第二次世界大战中更是饱受战争的蹂躏,仅华沙城在战后发现死难者的骨灰就有 5 千斤,想想轻轻的骨灰竟然能够聚集成如此重量,这实在是一个可怕的数字。而自中世纪建立起的古老的华沙古城,被炮火炸毁了 85% 的建筑,几乎被夷为平地,当年希特勒曾经疯狂地说要让华沙城从地图上消失。呈现在眼前的是 1945 年后重建的新古城,古城只留下了内外城墙两道残缺不全的红色砖墙,作为遥远历史的一点微弱的回声而存在。早在十三世纪末创建、十八世纪重建的皇宫,当年也被炸得只剩下了断壁残垣,只剩下了一具恐龙般的支架而已。这从皇宫外表就可以看出,凡是墙砖颜色暗的,是原来残留下来的,而颜色亮一些的都是在战后根据图纸重修的。远远地望去,恢复了十八世纪洛可可式巍峨的皇宫,宫墙上明暗的色彩是那样鲜明,只不过亮色多而暗色少,可以想象当年皇宫被炸后凄惨的样子,残留下很少的墙砖只是为了保存一份历史的见证和象征。战争留下了斑驳残酷的照片，留给人们抹不去的记忆，也留下了这样对比的色彩，时时给我们以醒目的提示。

从皇宫的西侧门出来，是一条窄窄的小街，古老的碎石板路，小街的一侧是华沙有名的圣安娜大教堂，和皇宫紧紧相靠，当地人民习惯地称它为华沙大教堂。沿着大教堂的墙边向大门走去，走着走着，华沙的朋友忽然停住了脚步，指着教堂墙的下沿一处比墙砖显得颜色更深的褐色的地方，用半生不熟的中国话问我："你知道这是什么东西吗？"我看出来，好像是一排坦克的链轨，密密地镶嵌在墙里面，上有一块不大的白色大理石，石头上刻着几行波兰文，大概是对它的说明。

华沙的朋友对我说："你说对了，是坦克的链轨。"然后，我问了她好几遍，才从她那艰难的中国话里听明白：1945年，战争要结束的时候，华沙人在教堂里面做礼拜，德国人也想进去，华沙人坚决不让他们进去，德国人在教堂的外面停了一辆空无一人的坦克。善良的华沙人以为德国兵逃离了，就涌进坦克车里，谁知刚一开动，里面藏有的炸药被引爆，教堂就这样被炸毁。战后重修教堂的时候，人们从教堂废墟里找到许多被炸飞却还没有炸碎的红砖，连同一些坦克的链轨，镶嵌在教堂外面的墙体中。虽然和偌大的教堂相比，是很不起眼的一块，却像是一块凝血结痂的伤疤。如果不注意看，这块伤疤会在游客的匆匆脚步中一闪而过，但华沙人不会忘记，因为这是战争留给他们的伤疤，我相信在有风有雨的时候整座教堂都会隐隐作痛。

没错，不仅整座教堂会时时隐隐作痛，整个华沙整个波兰都会为这场战争而时时隐隐作痛。战争留给波兰的创伤是几代人惨痛的记忆，不管走在波兰哪块土地上，都会有醒目的标志提醒我们不要忘记那场可怕的战争。

　　那天，我去波兰北部的格但斯克，那是一座坐落在波罗的海之滨的美丽古城，纵贯波兰的维斯瓦河就是从这里入海。沙滩、碧海、白云、古城……谁能够想到这样妙不可言的古城，竟然也有战争留下的浓重的阴影，德国人就是在这里打响了第二次世界大战的第一枪。

　　车子离开古城拐了一个小弯，不远处就是一个很小的半岛，叫维斯特普拉特。它靠近当年瓦文萨曾经工作过的造船厂，有一片开阔的地带，长满秀丽的白桦、油松和菩提树。地带的中心是一个平地而起的高高的山坡，山坡上有一座高耸入云的纪念碑，那是为了纪念第二次世界大战在这里牺牲的英雄。1939 年 9 月 1 日，横曳在波罗的海上的德国人的巡洋舰，就是在这里打响了第一枪，紧接着是黄蜂出巢似的轰炸机袭击了这里，第二次世界大战就这样全面爆发。当年，守卫在这里的只有 200 多名波兰军人，尽管寡不敌众，他们还是顽强地坚持了一个多月的抵抗，最后活着的人全部被俘而被迫投降，但是战后他们都被当成了民族英雄对待，他们的名字都被刻上这座纪念碑。

　　山坡没有修成可以供人攀登的台阶，只有人们在灌木丛中趟出的小路。要想爬上山坡瞻仰纪念碑，只有走这样的崎岖小路。但是，爬这样的路是值得的，站在山坡上，格但斯克和波罗的海尽在眼底，如今在灿烂的阳光下显得是那样宁静，仿佛一切都没有发生过。但是，战争却在这里确确实实残酷地发生过。已经被风雨剥蚀变成深褐色的纪念碑提醒着我们，纪念碑底座上雕刻的醒目的大字在提醒着我们，那几个大字是：不要战争。山坡下的一侧矗立着当年波兰军人拼死守卫这里时所用的掩体和兵营的残骸，残骸前横着一排几米宽十几米长的标语牌，上面写着同样的几个大字：不要战争！

那一天，在伊拉克，战争的炮火正漫天弥漫，硝烟不止。

2003 年 3 月记于华沙

水的传奇

我一直以为,如果看水,有两个地方的水最值得看,一个是九寨沟的水,一个是尼亚加拉大瀑布。可以毫不夸张地说,看过这两个地方的水,其他地方的水可以不必再看了。

如果看水的柔韧性、可塑性,看水是如何将绚烂归于平淡,将刚劲寓于柔顺,将流动化为宁静,将一时融于永恒,那一定要去看九寨沟的水。那里的水化繁为简,化整为零,将浩瀚的水天女散花成一个个珍珠般串联的湖泊。每一个湖泊都是那样清澄透明,纤尘不染,将水本来的无色透明,幻化成孔雀蓝的蓝色,蓝得让人心醉,让人如同看到教堂里洗礼用的圣洁露水,如同听到教堂里管风琴演奏的《圣母颂》,而不敢有丝毫的俗尘杂念,懂得并真实地看到,人世间居然有纯洁美好和透彻的净,就在这里远避尘嚣而静静存在。

如果看水的激扬,水的冲动,水的澎湃,看水是如何将平常琐碎的嘈杂的泡沫般的一切变为顶天立地的世界,将儿女情长的喃喃细语化为誓言一般的慷慨悲壮,将千年的积蓄爆发于瞬间,将压抑的心情冲出胸膛,将万马齐喑的场面搅成冲天怒吼,将风花雪夜的迷恋变为金戈铁马,那一定要去看尼亚加拉大瀑布。

九寨沟的水,是阴柔的,是女性的,尼亚加拉大瀑布则是阳刚的,男性。上天在造水的时候,和上帝造人一样,故意要造成这样对称的两极,让这样性别和性格迥异的水,呈现在人类的面前,仿佛上苍抛向人间的两面镜子,让我们能够时时照亮自己的容颜和心地,看看我们和大自然的距离。

我终于看到了心仪已久的尼亚加拉大瀑布。

是晚上,夜色和灯光双重作用下的瀑布,以那样轩豁而宽阔的水面,从你的身旁直直坠落下去,不惜粉身碎骨,也要举身赴清池一般直冲而下,真的是烈性得可以。而就在刚刚,就在一步之遥,它的水还是平静地流淌着,和我们平常见到的水没有什么两样。突然间,它就像我们的川剧里的变脸一样,一跃而起,冲天一怒,平静庸常的水迸发出另一种形态,崩落成一天飞溅四溢的雪浪花,宛若千树万树梨花开,宛若欢蹦乱跳着拥挤着互不相让赶赴约会的夜精灵,宛若义无反顾的高空蹦极的无畏勇士。

要我看来,看尼亚加拉大瀑布,白天比夜晚更要精彩,更要真实。夜色下的大瀑布,有些像是王尔德笔下穿戴着朦胧的七层纱跳舞的魔女莎乐美,带有拉美的魔幻色彩,却也多少让大瀑布变形,让大瀑布变得亦真亦幻,加入了夜色迷离的色泽,和灯光闪烁的科技元素。白天看大瀑布,大瀑布才是本色的,原装的,未经化妆和加色的,彻底脱下了七层纱,就像雷诺阿笔下那些壮硕的裸女,将美丽而健康的胴体展示在光天化日之下。水花如雪,是那样洁白;激流如歌,是那样壮烈;排阵如兵,是那样气势雄伟,如同看到了一场古罗马冷兵器时代的战争。

第二天上午,我又去看了大瀑布。大瀑布从山崖跌落下去,虽然只是瞬间的事情，却是经历了从平缓到崩落到激流到云雾到彩虹，这样几个步骤，层次是那样鲜明清晰，衔接又是那样天衣无缝，贯穿又是那样一气呵成。特别是彩虹，无论你站在哪个角度，都可以看到瀑布跌落时被猎猎天光映射出来的七色虹霓，如同从水中钻出来的彩色蜥蜴或珊瑚，弱若无骨，袅袅婷婷，在和气势不凡旁若无人的瀑布调情。

想起宗璞先生1980年代笔下的尼亚加拉大瀑布，她说大瀑布是"整个的雪原从天上崩落了"，是"崩落了还在奔跑的雪原"。我以为这是迄今描写尼亚加拉大瀑布最美也最真的意象。

来看尼亚加拉瀑布的人，一般都要乘船近距离再看大瀑布的。因为，从美国一方看大瀑布，只能看到美国这一面的两道瀑布，即美国瀑布和新娘面纱瀑布，而尼亚加拉大瀑布是由三道瀑布组成的，其中最大的马蹄瀑布在加拿大一方，必须乘船而游。这时候，三大瀑布方可一览无余，也才更能够体验三道瀑布的气势，因为这时候人是仰视的，瀑布显得越发雄伟，人在这样的大自然壮观面前，真的是很渺小的。说尼亚加拉大瀑布是世界的第七大奇观，确实名不虚传，这时候的感受就犹如三道瀑布同时在心里激荡，好像你期待的一次旅行即将启程，你心里跃跃欲试，鼓胀着八面来风。

船行一会儿的工夫，马蹄瀑布便越来越清晰，它确实呈马蹄形，敞开怀抱，伸出双臂，在招呼着人们。据说它宽有700多米，如同巨人的胸膛。当船越来靠近它的时候，水的轰鸣声音越来越响亮，水的雾气也越来越浓烈越来越清冽。等船行至瀑布下面的时候，水的形态完全不见了，只感到包围在身边的是白茫茫的雾气，仿佛整个世界在这一刻都变成了霭霭雾气，载湿漉漉的我们飘飘欲仙。

那一刻，其实，我已经看不见什么马蹄形的瀑布了，只好像进入了一个巨大的水晶般的罩子里面。它让我第一次感觉到，水居然可以形成这样一个神奇的世界，虽然穿着雨衣，你的身子已经几乎全被水打湿了，但你看不见一滴水，看见的只是白茫茫一片，像雪，像雾，像千古的冰川。如果站在上面看，就像宗璞先生说的，瀑布像是"崩落了还在奔跑的雪原"。那么，在这里近距离和瀑布亲近，瀑布就像是一个凝固的童话世界。如果站在上面看瀑布，还只是乐曲的第一章，那么，这里则是瀑布的华彩乐段了。

我又想起了九寨沟的水，和尼亚加拉大瀑布相比的话，那像是一部温馨浪漫的生活影片，荡漾着属于东方的审美情调；尼亚加拉大瀑布则是一部桀骜不驯的西部牛仔影片，每一滴水珠里都仿佛有一个神灵在横刀跃马，仰天长啸。

如果说九寨沟的水是上天留给人间的一个童话，那么，尼亚加拉大瀑布则是上天留给我们的一个神话。

如果九寨沟的水是一首诗，尼亚加拉大瀑布则是一段传奇。

2010 年 9 月尼亚加拉大瀑布归来

等那一束光

老顾是我的中学同学,又一起到北大荒插队,一起回北京当老师,生活和命运轨迹基本相同。不同的是,他喜欢浪迹天涯,喜欢摄影,在北大荒时,他就想有一台照相机,背着它,就像猎人背着猎枪,没有缰绳和笼头的野马一样到处游逛。攒钱买照相机,成了那时的梦。

如今,照相机早不在话下,成套的专业摄影器材,以及各种户外设备,包括衣服鞋子和帐篷,应有尽有。退休之前,又早早买下一辆四轮驱动的越野车,连越野轮胎都已经备好。万事俱备,只欠东风,只要退休令一下,立刻动身去西藏。这是这些年早就盘算好的计划,成了他一个新的梦。

他就是这样一个人,他总是活在梦中,而不是现实中,便总事与愿违。现实是,他在单位当第一把手,因为后任总难以到位,过了退休年龄两年了,还不让他退。他不是恋栈的人,这让他非常难受。终于,今年春节过后,让他退休了。这时候,我们北大荒伙伴们要编一本回忆录,请他写写自己的青春回忆,他婉言拒绝,说他不愿意回头看,只想往前走,他现在要做的事不是怀旧,而是摩拳擦掌准备夏天去西藏。等到夏天,他开着他的越野车,一猛子去了西藏,扬蹄似风,如愿以偿。

终于来到了他梦想中的阿里,看见了古格王朝遗址。这个300年前就消失的王朝,如今只剩下了依山而建的土黄色古堡的断壁残垣,立在那里,无语诉沧桑般,和他对视,仿佛辨认着彼此的前生今世的因缘。

正是黄昏,高原的风有些料峭,古堡背后的雪山模糊不清,主要是天上的云太厚,遮挡住了落日的光芒。他凭着摄影的经验和眼光确信,如果能有一束光透过云层,打在古堡最上层的那一座倾圮残败的宫殿顶端,在四周一片暗色古堡的映衬下,将会是一帧绝妙的摄影作品。

他禁不住抬起头又望了望,发现那不是宫殿,而是一座寺庙,白色青色和铅灰色云彩下,显得幽深莫测,分外神秘。这增加了他的渴望。

他等候云层破开,有一束落日的光照射在寺庙的顶上。可惜,那一束光总是不愿意出现。像等待戈多一样,他站在那里空等了许久。天色渐渐暗下来,他只好开着车离开了,但是,开出了二十多分钟,总觉得那一束光在身后追着他,刺着他,恋人一般不舍他。鬼使神差,他忍不住掉头把车又开了回来。他觉得那一束光应该出现,他不该错过。

果然,那一束光好像故意在和他捉迷藏一样,就在他离开不久时出现了,灿烂地挥洒在整座古堡的上面。他赶回来的时候,云层正在收敛,那一束光像是正被收进天神的瓶口。他大喜过望,赶紧跳下车,端起相机,对准那束光,连拍了两张,等他要拍第三张的时候,那束光肃穆而迅速地消失了,如同舞台上大幕闭合，风停雨住，音乐声戛然而止。

往返整整一万公里，他回到北京，让我看他拍摄的那一束光照射古格城堡寺庙顶上的照片。第二张，那束光不多不少，正好集中打在了寺庙的尖顶上，由于四周已经沉淀一片幽暗，那束光分外灿烂，不是常见的火红色、橘黄色或琥珀色，而是如同藏传佛教经幡里常见的那种金色，像是一束天光在那里明亮地燃烧，又像是一颗心脏在那里温暖地跳跃。

不知怎么，我想起了音乐家海顿，晚年时他听自己创作的清唱剧《创世纪》，听到"天上要有星光"那一段时，他蓦地从座位上站起来，指着上天情不自禁地叫道："光就是从那里来的！"那声音长久地在剧场中回荡，震撼着在场的所有人。在一个越发物化的世界，各种资讯让焦虑和欲望膨胀，在令我们心绪焦灼的现实面前，保持青春时分拥有的一份梦想，和一份相对的神清思澈，如海顿和我的同学老顾一样，还能够看到那一束光，并愿意等候那一束光，是幸福的，令人羡慕的。

2012 年 1 月于北京

苍蝇馆子和洗脚泡菜

过去说起成都,都说是茶馆多,有"江南十步杨柳,成都步步茶馆"和"一街两个茶馆"之说。但是,我查阅的资料告诉我,成都的茶馆虽多,但比起餐馆来说,是小巫见大巫。仅以1935年的资料为例,成都茶馆共有599家,而餐馆却有2398家。也就是说,如果一条街上有一家茶馆的话,那么,这条街上就会有四家餐馆。根据傅崇矩的《成都通览》所载,清末成都有大小街巷516条,恰是这样子的格局。即使如今城市格局发生了巨大的变化,但是,餐馆还是遍布街巷这样一种景观没有变化。在成都街头,无论什么时候想吃饭,都比北京要方便很多,而且无论大小餐馆,味道要好很多,价钱也要便宜很多。可以想象,大街小巷,处处都会有餐馆在时刻等着你,会是一种什么样的情景。如此多的餐馆,自然会烘云托月般托出好的餐馆、好的吃食来的。

如今的成都,由于大餐馆将川菜改良,做得越发注重形象,花团锦簇般精致。连本是热烈的火锅都变得皇城老妈江南丝绣一般针脚细密温文尔雅起来,多少将成都本土的味道用精致的刀剪给剪裁下了许多。不少成都本土人更热衷的是到那些巷子深处闻香寻美味，一般这些地方，因为地方狭窄，卫生条件差，尤其是到了夏天，人没有围上桌，苍蝇已经嗡嗡地团团地围将上来，先睹为快。成都人称这样的小餐馆叫苍蝇馆子，它们常常是成都人的至爱，别看藏在陋巷茅舍，却人满为患。据说，成都人曾经专门网上投票选出成都十大苍蝇馆子，居榜首的是在猛追湾的一家"三无餐馆"，之所以叫三无餐馆，是因为它根本没有名字，全靠着饭菜吸引回头客。听说它的凉拌白肉和肥汤牛排骨名气最大。前十名中，还有一家在北顺城街的苍蝇馆子，也是没有名字，因为紧靠着一个公共厕所，人们便叫它"厕所串串"，无疑，那里卖的各种串串最令食客得意。

那天中午，正赶上饭点，朋友说请我吃饭，我说别到饭店，就找一家苍蝇馆子吧。他立刻打电话，说找一位苍蝇馆子的专家，这位专家可以说是成都苍蝇馆子的活地图，曾经在报纸上开过专栏。不一会儿，电话打通了，活地图问朋友："你们现在在哪儿呢？"朋友告诉他我们的地址，他立刻脱口而出："就去吃倒桑树街的黄姐兔丁。"然后告诉怎么走，这个苍蝇馆子对面的标志性建筑，老远一眼即可望见。

倒桑树街，很好找，靠近锦江，离武侯祠不远。这是一条老街，街上的居民多以种桑养蚕为生。清末时，街中一株老桑树长疯了，恣肆倾斜弯曲，犹如倒长，人们便给这条街取名为倒桑树街。有活地图导航，黄姐兔丁的馆子一下子就找到了。这是一家二层小楼的苍蝇馆子，楼下楼上各能摆几张桌子，显得很拥挤。楼下已经客满，踩着木板楼梯上楼，感觉摇摇欲坠似的。拣了个临窗的座位坐下，朋友点了店家的招牌菜兔丁，又要了一盘拌折耳根，一盘清炒豌豆苗和一份水煮鱼。很快，一位大姐就把菜端上楼来，我问她可是店主黄姐，她摇头说是给黄姐打工的，然后对我说，这个店马上就要拆了，要吃赶紧来。

都说苍蝇馆子卫生差，这里倒是干干净净，桌椅黑乎乎的，菜却做得绿汪汪，白晃晃，折耳根的红头红得娇艳，特别是那一锅水煮鱼，味道确实不错，并非北京一些川菜馆里那样，只剩下了死辣死辣的辣味，而没有了香气撩人，就像唱歌的只会用嗓子吼，却没有了一点韵味和余音袅袅。一顿饭才花了几十元，可谓物美价廉，是我此次来成都吃得最可口的一顿饭。

成都人讲究吃，和南方人不同，不是那种精雕细刻或繁文缛节，将味道蕴藏在大家闺秀的云淡风轻或排场之中，而是更注重家长里短，注重平民气息，注重大之外的小。我住锦江饭店，吃饭时，不管你点什么菜，在端上饭的同时，必要免费给你端上一小碟泡菜。不是那种腌制多日发酸且咸的泡菜，与韩国泡菜那种重口味也不同，而是像刚泡过不久，非常鲜嫩滑脆。虽是几粒青笋丁、白萝卜丁和胡萝卜丁，却搭配得姹紫嫣红。

那天，朋友来访，我问这种泡菜的做法，很想学学、回家如法炮制。我知道，有人曾总结成都有十八怪，其中一怪便是"一日三餐吃泡菜"，想一定都会做这种泡菜的。果然，朋友立刻说："我们管这种泡菜叫洗脚泡菜，意思说头天晚上睡觉前用洗脚的工夫就把它腌好了，第二天一清早就可以吃了，是最简单的一种泡菜，什么也不要，只放一点盐，点几滴香油就可以了。"

我对朋友说，我对这种泡菜感兴趣，还在于它的名字。成都人给菜给菜馆起名字很有意思，往往愿意拣最俗的名字起，你看，管小饭馆叫苍蝇馆子，管泡菜叫洗脚泡菜，在北京，没有这么起名的。朋友笑着说，北京不是皇城吗？起名字当然得气派些了。我说，北京如今起名愿意起洋名字了，你看那楼盘都叫枫丹白露了，餐馆都得往什么塞纳河上招呼了。我们都笑了起来。起名字，其实是民俗，更是一种文化情不自禁的流露。对自己的文化有自信，才会雅俗一体，大雅即大俗，不怕叫苍蝇馆子就来不了食客，叫洗脚泡菜就没有人吃。

想起前辈作家李劼人解读川菜时将其分为馆派、厨派和家常派三种。馆派即公馆菜，类似我们今天的私房菜或官府菜，食不厌精，脍不厌细，一般被认为顶级；厨派即饭馆做出的菜，为第二等级。但李劼人说："馆派是基层，厨派是中层，家常派则其峭拔之巅也。"李劼人是最懂成都的人了，他道出了川菜的奥妙，也替我解开洗脚泡菜和苍蝇馆子至今依然为成都人所爱之谜。那最最俗的，恰恰是在最最雅的巅峰之上一览众山小呢。

2012 年 5 月 24 日于新泽西

竹枝词里的大明湖

一直以为,北方城市里,济南是很特别的。特别之处在于,它比一般的北方城市多了几分江南的妩媚和湿润。细想一下,是因为它多水的缘故,而且,这水集中在古历下城内,就更是一般北方城市难有的了。大明湖和七十二泉,便成为济南的象征和代言,徒让北方的城市羡慕了。天津有水,海河穿城而过,却没有大明湖那样漂亮而轩豁的湖;北京倒是有湖,昆明湖,名气也不小,却是远在城之外了。更何况,"眼前一寺钟鱼寂,七十二泉来入湖",大明湖是由七十二泉的泉水汇聚而成,就比人工挖掘的昆明湖,更多了几分浑然天成的自然和清洌。

所以,老舍先生早在 1940 年代就说过济南是"北方唯一的水城"。他进一步解释:"山在北方不是什么难找的东西呀。水,可太难找了。济南城内据说有七十二泉,城外有河,可还得有个湖不可……这才显出济南的特色与可贵。"然后,他感慨道:"济南的不凡,不但有水,而且是这样多呀!"这样多的水,就呈现在大明湖。

记得第一次到济南,是 1970 年代,下了火车,先奔大明湖,为的就是看北方城市里难有的这样多的水。因是在城内，很快就到了。那时候的大明湖，没有如今这样多的建筑，沿堤也少有围栏，四周也少有高层楼房的遮挡，充满城市中难得的野趣，水天一色，让湖水显得更加开阔。或许更像古历下城的大明湖吧，或者更像刘鹗的《老残游记》和老舍小说《大明湖》里的大明湖吧。山水风景，和音乐一样，即便历过经年岁月的磨洗，依然会面貌依旧，风情依旧，清风徐来，飘荡着昔日一样美妙的旋律。

后来读《中华竹枝词全编》，发现其中"山东卷"里的竹枝词大多是写济南，写济南的又大多是写大明湖。可见大明湖不凡的地位，民间流传下来的竹枝词，让大明湖不仅有音乐的旋律，更多了诗的韵律，有了和时间一样绵长的味道。

到济南前，便早听说济南有"四面荷花三面柳，一城山色半城湖"一说。读清竹枝词"四面荷花柳线长，一城山色映沧浪。天然妙句留楹帖，输与风流老侍郎"，方才知道，这个对济南概括得最准确最生动也最有名的句子，出自清末老侍郎刘凤诰的手笔。因为这首竹枝词下有这样的一条注："刘金门少宰于铁公祠留一楹联云：'四面荷花三面柳，一城山色半城湖'。"前人炼句炼字的能力，超过今天我们洋洋洒洒的旅游说明书。

这副楹联，道出了大明湖独具的特色，便是大明湖的荷花、柳树，还有就是它的水多，占据面积之大。可以说，它是日后所有写大明湖的竹枝词的鼻祖，因为所有写大明湖的竹枝词，都离不开这三个特点。

先来看写大明湖的水："铁公祠下水潺潺，古历亭前碧水环。水自无心与水约，常从水底见南山"，几乎是"一城山色"的图画版；"历下城中半是湖，居水分水种菰蒲"，几乎是"半城湖"的解释版。"纵横水路各东西,船虽相近不相逢",依然是写湖水之大,使得来往的船只看着相近却难得相逢;"出门十步是烟波""一钩斜月半帆风",写的还是湖的阔大,前者写水多生烟,水多近人;后者借帆写湖,风生水起;前者写实,后者写意;两相映衬,水多且美。还有一首清末的竹枝词:"便利交通大小街,水乡何处有尘埃",则写的是大明湖给人们交通带来的便利,以及给城市带来的清洁与湿润,居然和民生相关了。

再看写柳:"寻常一样垂杨柳,栽向明湖便有情",极尽对柳的一派感情,那应该是柳与湖相互的感情,方才让湖与柳一直彼此依托,互为风景。"滟滟清波淡淡风,垂杨垂柳小桥东",有水处便有柳树,柳树和湖水,成为济南人最亲近也最平易的朋友。"杨柳如烟一望齐,玉箫吹破碧琉璃",碧琉璃,指的就是水,玉箫是在为大明湖的水吹奏,也是为一望无际的如烟杨柳吹奏,那应该是一支为大明湖和垂杨柳量身定做的抒情曲了。

写荷花,竹枝词里更多,这符合"四面荷花三面柳"之说,就应该更多。大明湖处处可以观荷,就像大明湖处处可以赏柳一样,但据说观柳最佳处当属当年诗人王渔洋曾经题写过《秋柳》的水面亭,观荷最佳处是在湖南面李公祠的觉沤亭,和湖北面铁公祠的小沧浪。有竹枝词:"天然绝妙大荷池,柳际芦间望不疲。隔水平分花色相,李公祠对铁公祠。"如今这两处旧址均在,李公祠在清末是李鸿章的祠堂,如今辟为辛弃疾纪念馆。当然,这是专门为外地游客来大明湖观赏荷花而挑选的景点,济南人则和荷花抬头不见低头见,处处相亲相近。"香生荷叶散千家",是诗人兼剧作家孔尚任的竹枝词;"六月荷香散满城",是无名者的竹枝词;不约而同都用了一个"散"字,写的都是满济南城的荷香荡漾，该是多沁人心脾的景象。"芙蓉桥畔是儿家，到门一路芙蓉花。水边芙蓉红在水，窗前芙蓉红在纱"，写的是荷花的好颜色，一样花开千家，只是更生动，花开在水，红透窗纱，该是更美也更和普通人家相关的景色，难怪今天的济南人将荷花当成了自己的市花。

还有一首竹枝词："买得湖田二三亩，沿堤多半种荷花"，更是写济南人对荷花无与伦比的喜爱。这应该不是竹枝词的夸张，史书上曾有记载：历下城"环村种荷"，所以，另一首竹枝词里说济南人"梅花不种种荷花"，将其尊为市花，便有了源远流长的历史积淀，和情有独钟的现实因素。

正因为有了这样的水、柳和荷花三位一体的集中体现与展示，济南这座古城，才和一般的北方城市风光与性格不同，才具有了南方的一些特色。宋人黄山谷早就有诗"济南潇洒似江南"，竹枝词里便紧随其后乐此不疲地一再吟唱："城北湖光罨画长，水田漠漠似江乡"；"朋来寻乐话喃喃，赊酒一瓶鱼一篮。名士美人都不记，湖山潇洒似江南"；以致后有竹枝词不满于如此一味的旧调重弹，而写道："未必江南如此好，可怜只说似江南"，直说江南难比济南好了，有点山东人的气魄。

清末还有这样一首竹枝词，最让我流连："图书新馆傍湖开，汉碣秦碑剥绿苔。千古人文属邹鲁，蜀车绕过济南来。"这是专门记录当时大明湖畔新建的图书馆。重视文化，重视读书，我以为，这是大明湖的魂，有这个魂在，大明湖的水、柳和荷，才有了长在的生命和情感，才有了别样的美丽和魅力。

2013 年 5 月 28 日细雨中写毕于北京

大理看花

在植物中,我崇敬微小的,因此,一直以为草比树好看,花比草好看。到了云南,在昆明看花,比在北京好看;到大理看花,又比在昆明好看。

老城昆明,除了翠湖一带,还能依稀看到老模样,其他地方如今已被拆得七零八落。大理,毕竟还保留着古城,而且,四围有苍山洱海的衬托,上下关之间有白族老村落相连,乡间和自然的气息挡不住,同样的花,在这里便呈现出不一样的风姿。所谓石不可言,花能解语呢。

车还没进大理古城,头一眼便看到城墙外有一家叫"小小别馆"的小餐馆,墙头攀满三角梅,开得正艳。三角梅,在云南看得多了,但这一处却印象不同。餐馆是旧民居改建而成,白族特有白墙灰瓦的衬托,三角梅不是栽成整齐的树,或有意摆在那里的装饰,而是随意得很,像是这家的姑娘将长发随风一甩,便甩出了一道浓烈的紫色瀑布,风情得很。

和老北京一样,大理老城以前是把花草种在自家院子里的,除了三角梅,种得更多的是大叶榕和缅桂花,缅桂花就是广玉兰,白族民歌爱唱:"缅桂花开哟十里香……"大叶榕是白族院子里的风水树,左右各植一株,分开红白两色,被称为夫妻花。如今,进了大理古城,中心大道复兴路两边的街树都是樱花,显然是最近后种的,与大理不搭,或者说是混搭。大理市花是杜鹃,沿街种杜鹃才对。当然,看大理杜鹃,要到苍山,看那种雪线上的高山杜鹃,红的、粉的、白的、黄的,五彩缤纷,铺铺展展,漫山遍野,让大理有了最能代表自己性格和性情的花的背景。这大概是别的古城都没有的壮观。

如今,去大理古城,摩肩接踵,人满为患。其实,离大理古城不远,还有一座古城,叫喜洲,也隶属大理,去的人不多,还保留着难得的属于上一个世纪的古老和清幽。喜洲古镇没有大理古城大,却是大理商业的发源地,可以说,先有的喜洲古镇,后有的大理古城。古丝绸之路兴起时,云南马帮号称有四大帮,其中之一便是喜洲帮。他们便是自遥远的南亚乃至中东,从喜洲进入大理,将最早的资本主义种子带进大理,使其萌芽开花。

所以,大理最有钱的人,不是在大理古城,而都是出自喜洲;大理最气派而堂皇的白族院落,不是在大理古城,而都在喜洲。当然,大理最漂亮而风情万种的花,也应该是在这里。

喜洲古镇城北之外,有一座坐西朝东的院落。这是号称喜洲八大家之一的杨家的老宅。喜洲还有四大家,是喜洲最有名最富有的人家,八大家略逊一筹,因此,它被挤在城外,想是当年喜洲城盖房之热,和我们现在一样,商业带动房地产开发,城里没有了地皮,便扩城而延伸到城外。即便如此,杨家大院也非同一般,四重院落,前两院住人,第三院是马厩,最后一院是花园。可惜的是,后花园早被毁掉,现在栽种的都是后来补种的花卉,笔管条直，如同课堂里的小学生，缺少了点生气。

后花园院墙上有开阔的露台，爬上去，前可以眺望洱海，后可以眺望苍山，视野一下子开阔。坐在露台上品普洱茶，忽然看见杨家院墙满满一面墙，开满着爆竹花。这种花花朵硕大，像爆竹，被白族人称为爆竹花。这种花呈明黄色，在所有花中，颜色格外跳，十分艳丽。满满一面墙的爆竹花，在夕照映衬下，像一列花车在嘹亮的铜管乐中开来，让整个院子都像燃烧了一样。这是我见到的最不遮掩最奔放的花墙了。

离开喜洲古镇前，在一家很普通的小院的院墙前，看到爬满墙头的一丛丛淡紫色的小花。叶子很密，花很小，如米粒，呈四瓣，暮霭四垂，如果不仔细看，很容易忽略。我问当地的一位白族小姑娘这叫什么花。她想了半天说："我不知道怎么说，用我们白族话的语音，叫'白竺'。"这个"竺"字，是我写下的。她也不知道应该是哪个字更合适。不过，她告诉我，这种花虽小，却也是白族人院子里常常爱种的。白族人爱种的花，可是真不少。小姑娘又告诉我，白族人的这个"白竺"，翻译成汉语，是"希望"的意思。这可真是一个吉祥的好花名。

2014 年 11 月 22 日大理归来

沙漠之花

棕榈泉是一座在沙漠上凭空建造的小城。城边有座沙漠动物园，也是凭空而造的。说是动物园，其实包括了植物，都是从世界几大沙漠中请来的客人，汇聚而成，设立了栅栏，便移花接木将大自然变成了人为的公园。难得的是，这些动植物没有如橘易地而成枳，它们依然保持原来的状态。这不容易，当然，得费点心血和功夫。

在美国加州之南，这片本来荒凉的沙漠，因有了它们而有了旺盛的人气。灿烂无比的阳光，即使冬日里也有些灼热烤人。那些沙漠里的动物，懒洋洋地都躲在阴凉里。那些植物，无法躲开，只能站在烈日下，用自己枝叶挥洒出的阴凉自吟自唱。说实在的，那些植物，无论高大的棕榈树，还是各式各样的仙人掌，在别处也可以看见，并不新鲜。最引我注目的，居然有那么多的花朵，这是我从来没有见过的景象。它们不躲避阳光，相反像牵牛花和向日葵一样，把每一片花瓣都冲向阳光，让每一簇花心里都装满加州的阳光。

我知道，花是世界上最美丽也是最勤快的使者，如水一般，能够在任何地方出现。沙漠里，也有顽强的花朵开放，并不新奇。但是，居然有那么多品种不同、颜色不同、花形不同的沙漠之花盛开，真的令人惊奇。

沙漠里的仙人掌，在这里开着红色黄色和白色的花，也曾经在别处见过，但在那种叫铅笔仙人掌细长的茎上开放的橙红色的花，我没有见过。那种花有些大，和细细的茎呈不对称的对比，有点像跳大头娃娃舞。那种硕大仙人球上密密麻麻开放的削去皮的鲜嫩菠萝形状的花，我也没有见过。我管它叫菠萝花，它们拒绝分散着开，而是手挽手肩并肩簇拥在一起。每一朵花尖上都矗立着一枚长长的刺，像是卫兵挺着一柄柄剑戟。那剑戟既像在卫护，也像是在表演，刚劲而修长的线条，是男舞者挥舞出棱角鲜明的手臂。

淡紫色的马兰花，不是曾经在田野里见过的那种马兰花，而是比它们还要娇小。细碎的花瓣，像打碎了一地的碎星星，是那种只有在童话中才会出现的碎星星，每一个的星星点点，由于不甘于荒凉与干燥的包围，便都变幻成努力挣脱而出的七彩的梦，在飞翔，这应该也是沙漠的梦吧。但这也许只是我见异思迁的一厢情愿，它们或许真的不愿意离开而乐于生长在这里。它们会用带有几分嘲笑的口吻说，这里一年三百六十五天天天没有雾霾，尽可以趴下来晒太阳，爬起来数星星呢。

沙丘草和马鞭草，尽管都是粉红色，一眼还是可以分辨出来的。沙丘草的颜色要淡，花朵要大许多。马鞭草不能望文生义，一点也不像马鞭子，五角星一样呈五瓣形状，边长一样，规规矩矩，和城市里小学生一样娇小玲珑却笔管条直地开放。

扁果菊，也和城市的那种小叶菊和雏菊很像，不知它们之间是否有血缘关系，会不会是进城的乡野之人，或远走他乡的旅者。就像世界各地即便不同种族的人也有着相似的五官一样，扁果菊不像是从各处沙漠里请来的，倒像是从我们家的客厅或城市公园里来这里客串，让我有种似曾相识的亲近感。只是，它们的茎很长，叶很小，花也很小，瘦弱得有点水土不服，几分楚楚可怜的样子。这里的扁果菊都是黄色的，黄色最打眼，别看花小，却像如今如林永健那种小眼睛的男人，格外迷人。

我第一次见到莨苕。在书中，不止一次见过，书上的这种花，最为古典名贵。经典的例子，是将这种花叶之美用于欧洲建筑中最常见的科林斯柱头的雕刻花纹里，其对称古典之美，早在古罗马时代就已经流行，至今在那些仿古的西式建筑，甚至家具中经常可以见到。我是对照着沙漠动物园的说明书，才意外发现它就是我相见恨晚的莨苕，一个古怪的名字，远不如它的花叶好看，却应该属于沙漠之花中的贵族。它锯齿形的叶子，在风中摇摆，像跳着细碎的小步舞曲的精灵。它金红色细长的小花，随叶子一起摇头晃脑，像抱着古老乐器为舞者伴奏而自我陶醉的乐队。

在这里所见到的花，大多是草本，也有灌木，最多的是墨西哥刺木。这种刺木才真的像马鞭，细长而柔软，是歌里"我愿她拿着细细的皮鞭，不断轻轻打在我身上"唱的那种，温柔多情，带有点无伤大雅又有些撩人的刺。它的花朵都是顶在刺木的顶端上，像是丹顶鹤头上的那一点红。只是，那一点红花，是毛茸茸的，弯弯的，带一点点的尖，如果再大一些，更像圣诞老人头顶上的那顶红帽子。

呈树木开花的，在这里，我只见到了两种。一种叫烟树，不是我们唐诗"鸟从烟树宿,萤傍水轩飞"中的烟树,那是我们诗意中带有家乡炊烟味道的树。这里的烟树,也是野生的,家被放逐在外,远远看,真的像是一片蒙蒙的烟雾。近看,它的枝条上没有叶子似的,大小每一枝都像海葵向四周伸出的触角,细细的,软软的,晶莹剔透的灰白色,如同蒙上一层清晨的霜。或许它的枝条就是它的叶子,它的叶子就是它的花。也许,这只是我主观的猜度。但在这里,花叶如同仙人掌一样,绿的很少,灰绿色甚至如烟树一样灰白的花叶很多。我见过灰白色心形的叶子之间隐藏着非常弱小的花朵,都是呈灰白色,只有要脱落的老花,才呈褐色。

另一种叫帕洛弗迪。这只是音译,我不知道准确的翻译,它应该叫什么名字。它的花是开在树顶端,一片灰黄色,并不鲜艳,但面积很大,铺铺展展一片。由于枝干比烟树要高,它的花在一片低矮的花丛中,鹤立鸡群一般醒目,一览众山小般迎风摇曳,像是挥舞着一面单薄得几乎透明的旗子,和浑黄的浩瀚沙漠做着力不从心却并不甘心的对比和对话。

还有好多我不知道名字的沙漠之花,我真想一一查出它们的名字,描绘出它们的样子。它们有的开着细小球状的花,有的开着细长穗状的花,有的开着扁扁耳朵样的花,有的开着软软长须样的花,有的开着雪绒花一样毛茸茸的花,有的开着合欢花一样梦境里的花……我从来没有见过这样多,这样小,又这样神奇的沙漠之花。面对它们的色彩纷呈和变幻无穷,竟然一时词穷,找不出更合适的语言形容这些花。忽然想起以前曾经读过的一位陌生的作者写过的话,借用过来,也许这些花的形状和纹理,应该是"只有小孩子们的心思才能想象得出来,只有他们的小手才画得出"。这些花开成的样子，应该"一定都有着它自己长时间的并且经历曲折的美好意愿吧"？

  没错，这些花富于远离尘嚣的童真，拥有未曾经历都市化改造的纯朴。沙漠恶劣的环境，磨炼了它们，也成就了它们。它们就像旷世的隐者，那样远离着我们。它们又像静心的修炼者，确实是在沙漠中跋涉了长时间。修合无人见，存心有天知，它们不管云起云落，只管自由自在花开花落。它们无意争春和走秀，一定并不情愿从世界那么多沙漠里那么老远被移植到这里来。尽管这里也是沙漠。

2016 年春写于布卢明顿

图书馆的名字

美国印第安纳州的哥伦布市虽然叫作市，其实是一座比小镇还要小的袖珍城镇。它位于美国中部印第安纳州的腹地，很少有外来游客侵入，安静自得，犹如世外桃源。全城的人口不过四万，比北京的一个社区住的人都少，这样小的人口密度，想不安静都不行。

哥伦布市的第五街上，有一座矩形的红色图书馆，是贝聿铭设计的作品，简洁爽朗的线条，在和四周古典式的建筑对比下，显得现代感很强。门前的广场上，矗立着名为"拱门"的青铜雕塑，同样出自名家，是亨利·摩尔的作品，与图书馆对视，一红一绿，别有一番寓言意味。

这座图书馆是哥伦布市的新图书馆，1969 年建成，从而替代了 1899 年的老馆。新馆的名字叫克利奥·罗杰斯（Cleo Rogers）图书馆，以人名命名，这个人应该有些来头。

走进图书馆，宽敞明亮的阅览大厅，书架林立，电脑齐整，沙发娴静，玻璃窗洒进温煦的阳光，墙壁上有各种装饰画，一角设有哥伦布市著名建筑的图片介绍。别看哥伦布城小，却有 60

多座重要建筑，是全世界著名设计师，包括埃利尔·沙里宁、贝聿铭、凯文·洛奇等设计的艺术作品，学校、医院、消防局、邮局、公交车站，甚至连停车场和监狱，都出身名门，为名家所设计。也许是我看得不仔细，在图书馆里，我没有找到关于这位克利奥·罗杰斯的介绍。

回到住所之后，从图书馆借来"美国小镇丛书"中一本《哥伦布市》，终于在这本小册子里找到了克利奥·罗杰斯这个名字。原来他是图书馆的一名管理员，在哥伦布市的老图书馆里工作了28年，直至1964年59岁时候去世。五年之后，出资请来贝聿铭设计并建造这座图书馆的，是哥伦布市的康明斯公司的老板欧文·米勒。图书馆并没有冠以欧文·米勒的名字。它只是以一个普通的图书馆管理员的名字来命名。我不知道，这世界上众多的图书馆，还有没有和这座图书馆一样，也是以一名图书馆管理员的名字来命名的。我对这座图书馆怀有深深的敬意。

读完这本小册子，我在想，如果这座图书馆不是以克利奥·罗杰斯的名字来命名，而是以出资人欧文·米勒的名字，或以设计者贝聿铭的名字来命名，还会让我感动吗？我想起李宗盛在《真心英雄》里写的那句歌词："灿烂星空，谁是真的英雄，平凡的人们给我最多感动。"是的，一个普通平凡的图书馆管理员，将自己的半生时光，默默奉献给了图书馆；图书馆以这样的方式回报他，把他的名字镶嵌在图书馆的门额上，让他的名字和时光一起流传，让逝去的平凡岁月有了清澈而温暖的回声。这是对普通人的劳动最美好最真挚的尊重。这个世界上，并不只是那些成功人士，如功成名就的艺术家，发了财的老板，可以占据岁月光鲜耀眼的位置，李宗盛的歌唱得好，平凡的人们给我们最多感动。

　　回过头来，再看看这座克利奥·罗杰斯图书馆，其设计和周围建筑布局的匠心独运令人赞叹。门前的广场，已经成为如今哥伦布市的中心。图书馆对面，是1895年建的老市政大厅，砖红色的古典建筑；旁边是1942年建的第一基督教教堂，现代建筑北欧学派鼻祖芬兰裔设计师埃利尔·沙里宁的作品，米黄色的不对称建筑，号称美国的第一个现代派的教堂，不仅是哥伦布市也是全美标志性的建筑；图书馆的东边，是哥伦布市最老的欧文花园旅店，建于1864年，深棕色错落有致的楼体，和意大利式的古典花园，是这里现存的最老的建筑之一。这三座建筑，和1969年建立的图书馆，呈稳定的四边形状态，彼此对峙，相看不厌，构成哥伦布市历史的连接线，让哥伦布市如同一棵大树：四座不同年代的建筑，呈现成不同的年轮，逝去的岁月，一下子变得看得见、摸得着了。你会感到，在哥伦布市一百多年的历史中，普通人完全可以成为主角之一，是这条历史长河中的一朵清澈的不可或缺的浪花。建筑不过是凝固的历史，是人的精神和形象的一种外化——克利奥·罗杰斯图书馆就是代表。

　　四面有风，广场上有花香浮动。正是玉兰、海棠、丁香和紫荆花开的季节。

2018年6月27日于北京

西湖邂逅

戊戌之秋,在杭州住了十天,可以好好看看杭州。看杭州,主要看西湖。在我看来,西湖最美,尽管旧景九溪的溪水、满觉陇的桂花,新景西溪的湿地,都不错,可都无法和西湖相比。没有西湖,便没有了杭州。

我不喜欢旅游团式的走马观花,西湖一日游,是远远看不清楚西湖的。十天虽不长,总可以稍稍细致一些看看西湖了。更何况是秋天,西湖最美的季节。

西湖的美,不仅美在湖光山色的自然风光,更在于美不胜收的人文风景。这一次,将西湖整整绕了一圈,白堤苏堤孤山,南山路北山路湖滨路,都用脚细细丈量,哪一处都没有省略。如此一圈,我主要是寻找名人故居。我对这样的地方情有独钟,虽然人去楼空,更是重新整修,并非原汁原味,但旧地毕竟还在,四围山色和水影依旧。走在这样的地方,总能让我想象当年主人在的时候的情景,依稀感受到一些当时的气息,便觉得有了这样旧地的依托,主人便未远去,像只是出门,稍等片刻,就会回来。

哪里可以找到西湖四周如此众多的名人故居?明清两代帝都

北京，名人故居也不少，甚至更多，却天女散花一般散落在各处，布不成阵。尽管一度密集于宣南，近些年毁于拆迁之中很多，大多已经是"放衙非复通侯第，废圃谁知博士斋"，难以形成环绕西湖这样的阵势。心想，幸亏有西湖，没法拆或填平，西湖是这些故居的保佑神。也是一面镜子，照得见世风跌宕和人生况味。

第一站，先去了黄宾虹故居，曲院风荷的对面，沿栖霞岭上坡没几步路，便到。然后陆续去了林风眠、唐云、潘天寿、沙孟海、俞樾、马一浮和盖叫天故居。印象最深的是林风眠和盖叫天的故居。

这两处旧地，都在西湖稍偏处，去的游人极少，与西湖游人若织比，安静得犹如世外隐者。两处都是1930年代所建，一个是西式小楼，一个是中式庭院；一个身处密树林，一个面临金溪水。猜想选择这样的地方，并非最佳的得意之所，而是这里地僻人稀，图的是"不饥不寒万事足，有山有水一生闲"。如今，却成了西湖难得的风景之一。岁月的磨蚀，让老院生满湿滑的青苔，旧宅摇曳斑驳的树影，一脚踩上，回响的是往昔的回声。

林风眠故居紧靠杭州植物园，紧靠灵隐路上，没有院墙，掩映在葱郁的林木之中。如果没有新盖的一个小卖部亭子，一眼就可以看见刻印着吴冠中题写"林风眠故居"的那块石头，望得到那座灰色的二层小楼。

去那里的时候，是个细雨蒙蒙的黄昏，昏暗的光线中，林木的绿色深沉得有些压抑，不过倒是和那座灰色的小楼颜色很搭。灰色的冷色调，也是林风眠后期作品背景的主色调。那是那个时代投射在他画布上，也是投射在他心上抹不去的影子。

走进这座林风眠自己设计的法式小楼,厅前的墙上挂着他的学生画他肖像油画的复制品。那画比照片显得胖些,更加慈祥,仿佛与世无争似的,少了些阅尽春秋的沧桑。在那个年代那批留学法国的所有画家中,可以说,没有一位赶得上林风眠生不逢时地潦倒与凄凉。很长一段时间,他甚至没有工作,没有一文钱的工资收入,那个时候,他的画不值钱,卖不出去。特别是妻子和女儿离他而去了巴西,他是彻底的孤家寡人,孤魂野鬼一样,游荡在画界之外。在他的人生际遇中,除了蔡元培最为欣赏并帮助过他,几乎再无什么人伸出援手,特别是在他最为艰难的时刻。

一楼的展厅里,陈列着一张他上海家里的马桶的照片,"文革"期间,他就是把自己的几百幅画泡烂在浴缸里,然后从这个马桶冲走。时过境迁之后,没有了这些珍贵画作的影子,只有这样一个马桶的照片。世事苍凉跌宕,人事荣枯沉浮之后,忍不住想起一句诗"名山剩贮千秋叶,沧海难量一寸心",不禁慨然。

林风眠在这座小楼里,只住过十年。那十年,虽然也是生活颠簸,却毕竟和妻子女儿在一起。二楼他的画室,硕大的画案旁,有他的一张单人床。画累了,他就在这里休息。楼下有妻子和孩子,他可以睡得很安稳。看到墙上挂着他女儿捐献的当年的全家福照片,心里漾起难言的感伤。

盖叫天故居在西湖西岸,隔着杨公堤,进赵公堤,路很近。这是一座很大的宅院,比林风眠的故居要气派得多。门不大,是江南那种常见的石框宅门,门楣上有马一浮题写的"燕南寄庐"的石刻门匾。按北京四合院的规矩,这是一座两进院,前院客厅,后院居室,但和北京四合院不同,是典型的江南民居格局,进门后有甬道蜿蜒直通后院,而非靠回廊衔接。后院阔大,是练功的场地。院子中央,有两棵老枣树,非常奇特,歪扭着沧桑的枝干,交错在了一起。不知道什么时候开始渐渐长成这样的,心想,和盖叫天晚年扭曲的人生倒是暗合。

从1930年到1971年去世,盖叫天人生大半居住在这里。前厅叫"百忍堂",同"燕南寄庐"有客居江南的寓意一样,"百忍堂"也有自己的寓意,不仅见主人的品性,也可见当年艺人的心酸之处。如今的客厅,悬挂有陈毅题写的对联"燕北真好汉,江南活武松",还有钱君匋题写的对联"英明盖世三岔口,杰作惊天十字坡"。后者嵌入了盖叫天演出的两出经典剧目的名字,前者道出盖叫天当年有"江南活武松"的称号,并道出1934年一桩尽人皆晓的往事。那时的盖叫天46岁,演出《狮子楼》时,一个燕子掠水的动作从楼上跳下,不慎跌断了右腿,仍然坚持演出到最后。后来,庸医接错断骨,盖叫天为能重登舞台,竟然自己将腿撞断在床架上,重新接骨而成,不是好汉是什么?

走进这座宅院,阳光如水,格外灿烂,仿佛洗净往事的一切龌龊与悲哀。不知还有多少杭州人记得,"文革"中,78岁的盖叫天被押在车上游街批斗,刚正不阿的盖叫天不服,硬是从车上跳下,被人生生打断了腿。想起郁达夫忆旧诗:"三月烟花千里梦,十年旧事一回头。"而今,五十年过去了,谁还能为如此旧事一回头,并能垂下自己忏悔的头呢?

西湖一圈,绵延出这样多的旧事,林风眠未眠,盖叫天尚天,西子湖边忆,情思总缠绵。以前,来西湖多次,都是匆匆一瞥。这一回,总算偿还心愿,和这些故人邂逅。略微不满足的是,今年秋天雨水多,很多桂花未开就被打落,没有见到环湖桂花飘香的盛景。还有,故居修旧如旧,整修得都不错,可院中的雕像并不如意，基本都是坐在椅子上的一个姿势，雷同得和风姿绰约的西湖不大相称。盖叫天的雕像，倒不是坐姿，是练功的形象，只不过过于具象，缺乏点想象的灵动。倒是后院里的青铜塑像，很是别致，一把椅子，搭着武松的衣服，放着武松的软帽，地上摆着武松的软底靴。仿佛盖叫天刚刚练完功，回屋休息去了。如果我轻叩房门，兴许开门的就是盖叫天。是1930年"燕南寄庐"刚刚建成时的盖叫天。那时候的盖叫天42岁。

如果这时候出来，是整整130岁的盖叫天。

2018年9月底记于杭州

辑六

繁华落尽

寻找贝多芬

有一段时间,我突然不喜欢贝多芬,而把兴趣转向勃拉姆斯和德彪西。我觉得世上将贝多芬那"命运的敲门声"过分夸张,几乎无所不在,不仅在文学作品中屡见不鲜,以此为主人公命运的点缀,就连詹姆斯·拉斯特和保罗·莫里亚的现代轻音乐队,也可以肆意演奏他的《命运》,强烈的打击乐莫非也能发出"命运的敲门声"吗?这很像那一阵子将莎士比亚的《奥赛罗》改成我们的京戏,让人啼笑皆非。过分夸张,可以成为漫画式的艺术,但那已经绝不再是贝多芬。而天天、处处听那"命运的敲门声",也实在让人受不了。贝多芬既非指明灯那样的思想家,也不能通俗得如同敲打不停的爵士鼓。

其实,那一段时间,我如一些浅薄的人一样,对贝多芬所知甚少。除《命运》《英雄》之外,他还有着浩瀚的音乐世界。

一个闷热不雨的夏天,我忽然听到美国著名小提琴家亚沙·海菲兹演奏的小提琴。那乐曲荡气回肠,一下子把我带入另一番神清气爽的境界。尤其是乐曲的第二乐章,柔美抒情中带着绵绵无尽的沉思,那音乐主题由小提琴带动不同乐器反复演奏,真让人感到面前有一幅动情的画在徐徐展开，呈现出层次丰富而色彩纷呈的画面，那乐曲让我深深感受到天是那样蓝，海是那样纯，周围的夜是那样明亮、深邃、清凉一片而沁人心脾……

后来，我知道，这同样是贝多芬的乐曲：《D大调小提琴协奏曲》。

贝多芬原来也还有这样近乎缠绵而美妙动情的旋律。我也知道，正是创作这支协奏曲那一年，贝多芬与匈牙利的伯爵小姐苔莱丝·勃朗斯威克订婚了。他将他的爱情心曲融进那七彩音符中。

贝多芬不是完人，却是一位巨人。当我更多地接触了一些他的音乐作品，才深感自己是面对一座高山一片森林，原来却以一石一叶而障目，自己远远没有接近这座山这片森林。贝多芬并不是夏日流行的西红柿和冬天储存的大白菜，可以俯拾皆是。他不能处处时时为你敲门，也不会恋人般无所不在地等候与你相逢。他需要寻找，用心碰他的心。

春天，我从海涅的故乡杜塞尔多夫出发，到科隆，然后来到波恩。我是专门来找贝多芬的。在这座城市波恩小巷20号的二层小楼上，1770年12月16日，这位音乐巨匠诞生了。

那一天到达波恩已是黄昏，天在下着蒙蒙细雨，沾衣欲湿，如丝似缕。踏上通往波恩小巷的碎石小道，我心里很为曾经对贝多芬的亵渎而惭愧。对一个人的了解是世上最难的事。对音乐的认识，我还真是处于识简谱阶段。此番波恩之行，算是对贝多芬的真诚致歉。

当我不止一次听贝多芬《月光奏鸣曲》和《D大调小提琴协奏曲》，每一次都为他的深情感动。贝多芬在作了这首小提琴协奏曲四年之后，他与苔莱丝小姐的婚事未成，命运再一次打击了他，但他依然源源不断地创作出《热情》《田园》那样美妙动人的乐章。我相信这是那矢志不渝的爱的结晶。要不为什么在十年后，贝多芬提起苔莱丝仍然说："一想到她，我的心就跳得像初次见到她时那样剧烈！"而且写下那一往情深的《致远方的爱人》。

不管别人如何理解贝多芬，我心目中的贝多芬的外表，绝不像街头批量生产的那种贝多芬石膏头像，也不是被人们形容成"狮子似的鼻尖和骇人的鼻孔"的李尔王式的悲剧人物。我懂得，他所经历的痛苦比我们一般人多得多，但他绝不仅仅是一个天天咬着嘴角、皱着眉头、忧郁而愤恨的人。正由于他对痛苦的经历比我们多，他对爱欲、欢乐、渴望的认识才比我们更为深刻，更为刻骨铭心。他不是那种描绘性的作曲家，而是用自己的深情、自己的心和灵魂进行创作的音乐家。我想，正因为这样，在他最后创作的《第九交响曲》中，既有庄严的第一乐章的快板，也有如歌的第三乐章的慢板，更有第四乐章那浑然一体高亢而情深的《欢乐颂》。听这样的音乐实在是灵魂的颤动，是心与心的碰撞，是感情世界的宣泄，是人与宇宙融为一体的升华。

雨丝飘飘洒洒，似乎也沾染上了贝多芬动人的旋律。暮色中的波恩笼罩着几分伤感的情调。小巷不长，很快便到了一座并不高的小楼前：淡藕荷色的墙，苹果绿的窗，翡翠绿的门，门楣上雕刻着橙黄色的花纹——均是新油饰而成。墙上排雨管边镶着一块木制门牌，阿拉伯数字"20"分外醒目。这便是贝多芬的故居？简陋而显得寒酸，如同他最后指挥《第九交响曲》一样，连一身黑色燕尾服都没有，只好穿件绿燕尾服将就。那门窗墙的颜色搭配得那么不协调，简直像是出自小学生之手，这未免太委屈了贝多芬。只有门前两个方形的小小的花坛中栽满红的黄的不知名的小花，在雨雾中含泪带啼般楚楚动人。

可惜，我来晚了，早过了参观时间，绿门已经紧闭。我无法亲眼看看贝多芬儿时睡过的床、弹过的琴，和他那些珍贵的手稿。我只有默默地仰望着二楼那扇小窗，幻想着这一刻贝多芬能够从中探出头来，向我挥一挥手；或者从那窗内飘出一缕琴声，伴随着他那一阵阵咳嗽声……

没有。什么也没有。只有雨还在如丝似缕地飘洒，只有门前的小花在晚风中悄悄细语。但我分明已经感受到了贝多芬本人的气息！我终于找到了他，虽未能认识他的全部，但毕竟结识了他！我的心头掠过一阵音乐声，是我自己谱就的，虽然不成体统，却是真诚的，从心底发出的。我相信它一定能长上翅膀，飞进小楼的窗中，飞进历史苍茫的岁月，飞到贝多芬熟睡的身旁……

街灯，在这一刹那全亮了。雨中朦朦胧胧的一片，像眨动着无数只小眼睛。哪一双眼睛是属于贝多芬的？

就在这20号门旁，是一家小商店。它的对面也是家商店，不远处可以看见有汉字招牌的中国餐馆。每一家都是灯火辉煌，正是生意兴隆时辰。唯独20号这幢楼暗暗的静静的，睡着了一样。

就这样默默地走了，真不甘心！一步一回头，总觉得那窗口、那门前、那花旁、那雨中，宽脑门的贝多芬会突然出现。那样的话，我敢说，所有那些商店餐馆里的人都会涌出，所有辉煌的灯光也会黯然失色。

走出小巷不远，是市政大厅前宽敞的广场。我真的看见了贝多芬，他穿着件破旧的大衣，手搭在胸前，双眼严峻却不失热情地望着我。那是屹立在那里的一座贝多芬雕像。在这里，即使没有雕像，贝多芬的影子也会处处闪现，他的音乐将日夜不息地流淌在波恩小巷，乃至整座城市上空，然后顺着莱茵河一直飘向远方。

广场旁传来一阵六弦琴声。那里，在一家商店的屋檐下，一位流浪歌手正在演奏。在杜塞尔多夫，在科隆，我都曾经见过他。他似乎只管耕耘，不问收获，每次不管听众有几个，也不管有没有人往他甩在地上的草帽里扔马克，他一样激情而忘我地演唱或演奏。这一天，同样没有几个人在听，他同样认真而情深意长地弹着他的六弦琴。

我听出来了，那是贝多芬的《致爱丽丝》。

1990 年 11 月 8 日贝多芬 220 周年诞辰前夕

忧郁的孙犁先生

一晃，孙犁先生已经去世五个月了。我一直想写写孙犁先生，却又不知从何写起，面对电脑，枯坐半天，总是一片空白。这让我非常痛苦，我才发现，关于有的事情有的人，真的想写却突然没有词了，那感觉就像欲哭无泪一样吧？

我常常想起孙犁先生，想起先生和我通过的那么多的信。我很想把这些信件都整理出来，为先生也给自己留一份纪念。可是，我不忍心触动那些难忘的，而且只是属于我们两人的岁月。那是一段多么难忘的岁月，在我的一生中，恐怕再也找不回那样恬静而温馨的岁月了。我表达着一个晚辈对他的景仰，他是德高望重的前辈，却是那样平易朴素，那么大的年纪却常常关心我的生活和写作，竟然来信说："您在各地报刊发表的短文，我能读到的，都拜读了。"而且按先生的话是"逐字逐句"认真地读，然后写来长信，提出批评，给予鼓励。文学变得那样美好而纯净，远离尘嚣，我和先生仿佛与世隔绝一般，只谈读书，只谈往事。现在还会有那样的岁月和心境吗？

在孙犁先生活着的时候，我常常想去看望他，北京离天津并不远，况且在天津还有我的亲人和认识孙犁先生的朋友，我也经常去天津。但我还是一次次忍住了这个念头，我怕打扰一个喜欢安静的老人，说老实话，也怕和我想象中的样子出现偏差。心仪一位自己喜爱的作家，就老老实实地读他的作品吧。我知道我既不是他的学生，也不是他的研究者，也不是他的部下，而只是一个敬重他的作者和喜爱他的读者。本来离孙犁先生就很远，即便走近了，也不见得就能够看得清楚，就还是远远地保留一份想象吧。

孙犁先生去世之后，我读了不少人写的悼念文章，有些和我想象中的一样，有些和我想象中的不一样。我便问自己：我想象中的孙犁先生是什么样子呢？想了许久，我得出的结论是：晚年的孙犁先生是忧郁的。我不知道，我的想象是不是对。那却是我的想象。没错，孙犁先生的晚年是忧郁的。

孙犁先生的忧郁，和他衰年独处有关。他文章中不止一次流露出"故园消失，朋友凋零，还乡无日，就墓在期"的感慨，他是一个情感极其细腻的人，他沉淀了岁月，洞悉了人生，所以在琐碎生活中特别珍时惜日，所以在秋水文章中格外取心析骨。

记得他读完我的《母亲》一文，知道我小时候生母去世后父亲回老家又为我和弟弟娶回一个继母的经历，来信说："您的童年，无论如何，不能说是幸福的，使我伤感。"然后，又驰书一封特别说："关于继母，我只听说过'后娘不好当'这句老话，以及'有了后娘就有了后爹'这句不全面的话。您的生母逝世后，您父亲就'回了一趟老家'。这完全是为了您和弟弟。到了老家经过和亲友们商议、物色，才找到一个既生过儿女，年岁又大的女人，这都是为了你们。如果是一个年轻的，还能生育的女人,那情况就很可能相反了。所以,令尊当时的心情是痛苦的。"

前一封信,让我感动,我知道孙犁晚年很少再动感情,他自己在文章里说过:"我老了,记忆力差,对人对事,也不愿再多用感情。"他却为我的一篇文章为我的童年而伤感。我能够触摸到他敏感而善感的心,便也就越发明白,为什么在他早期的文章中充满对那么多人的细致入微的感情描摹。我有一种和他的心相通的感觉,这不是什么攀附,只是普通人之间普通情感的相通。我相信他是不愿意去世后被人称作大师的,他只是一个始终保持着普通人感情的作家,就像他始终喜欢布衣麻鞋粗茶淡饭一样。

后一封信,让我没有想到,因为从我写文章时到文章发表之后,都没有想过父亲当年那样做时内心真实的感情,而只是埋怨父亲。孙犁先生的信提醒了我,也是委婉地批评了我。真的,对于父亲,我一直都并未理解,一直都是埋怨,一直都是觉得自己失去母亲后的痛苦多于父亲的痛苦。也许,只有经历过太多沧桑的孙犁先生,对于哪怕再简单的生活,也会涌出深刻的感喟吧,而我毕竟涉世未深。过去常看到别人说孙犁先生善于写女人,其实,他也是那样善于理解男人。我也隐隐地感觉到晚年的孙犁和年轻时的心境已经不大一样,便总觉得有一种忧郁的云翳拂过他的眼神,善意地注视着我们,伤感地回顾着往昔。

我不大清楚孙犁先生到底是如何看待自己晚年的文章的。我只知道在和我的通信中,他特别提到过他的这样两篇文章,一篇是1989年写的《记邹明》,一篇是1994年写的《读画论记》。在他晚年的著述里,这两篇文章都算比较长的了。我是觉得他自己格外看重这两篇文章的。《读画论记》,他不计利钝,不为趋避,知人论世,裁画叙心,深刻道出对文坛的悲哀。在这篇文章中,他说:"没有大智大勇,很难逃出这个圈子。"

我想起先生在给我的信中不止一次地流露出这种情绪:"贪图名利于一时,这是很容易的。但遗憾终生,得不偿失,我很为一些聪明人,感到太不值。"在信里,他对文坛许多现象给予了批评,比如对那些冒充学问的所谓注水书籍的一再批评:"这不能说明他有学问,是说明当前的'读者'都是'书盲',能被这些人唬住,太可怜了。"面对这些现象,最后他只有在信中感慨地说:"据我的经验,目前好像没有人听正经话,只愿意听邪门歪道,无可奈何。"我便忍不住想起他在文章中一针见血批评的话:"文场芜杂,士林斑驳。干预生活,是干预政治的先声;摆脱政治,是醉心政治的烟幕。文艺便日渐商贾化、政客化、青皮化。"也是,这样的话,谁能够听得进去,谁又愿意听呢?

晚年的孙犁,唯一能够给予他慰藉的只有读书了。他在信中对我说:"我读书很慢,您难以想象,但我读得很仔细,这也是年轻人难以想象的。"在另一封信中,他又说:"读书烦了,就读字帖;字帖厌了,就看画册。这是中国文人的消闲传统,奔波一生,晚年得静,能有此享受,可云幸福。"孙犁是以这样的心境退回书斋之中的,既有中国传统文人之习,也有无可奈何之隐。孙犁先生去世,我是感到这样一代文人和文风已经基本宣告结束了。那种忧郁的太息和气质只存活在他的文字中了。

我知道孙犁晚年喜欢临帖书写,曾经请他为我写一幅字,他写来的第一幅录的是杜甫《寄彭州高三十五使君适虢州岑二十七长史参三十韵》中的诗句,诗里有"心微傍鱼鸟,肉瘦怯豺狼"和"竹斋烧药灶,花屿读书床"的句子,我不知道是不是先生的自况?他写来第二幅字是"千秋万岁名,寂寞身后事"。我是感到他的旷达和超脱之外有一丝忧郁。他出的最后一本书，取的书名竟是《曲终集》，我隐隐感到不大吉利，曾经写信问过他，先生回信却没有回答，也许，是觉得我岁数还小不大懂得吧。

《记邹明》，有孙犁先生自己的人生感慨，那是一则邹明记，也是一篇哀己赋。在那篇文章中，他说："是哀邹明，也是哀我自己。我们的一生，这样短暂，却充满了风雨、冰雹、雷电，经历了哀伤、凄楚、挣扎，看到了那么多的卑鄙、无耻和丑恶。这是一场无可奈何的人生大梦，它的觉醒，常常在瞑目临终之时。"我不知道别人是如何看这篇文章的，我是感到了一种往昔的梦魇与现实的无奈，交织成一片深刻的忧郁，笼罩在晚年孙犁先生的心头，拂拭不去。

孙犁先生一生不谙世故宦情，以他的资历和成就，他完全可以像有些人爬上去的，但他只是如自己所说的："我的上面有：科长、编辑部正副主任，正副总编、正副社长。这还只是在报社，如连上市里，则又有宣传部的处长、部长，文教书记等等。这就像过去北京厂甸卖的大串山里红，即使你也算是这串上的一个吧，也是最下面，最小最干瘪的那一个了。"

在一次孙犁先生《耕堂劫后十种》书籍出版座谈会上，我曾经讲过下面这样的话，我很想把这段话作为这篇迟到的悼念文字的结尾：

> 孙犁先生是中国真正的、有点老派的古典文人。知识分子是干什么的？就是干与知识相关的事情，孙犁先生的一生就是这样干的。面对这样的一个人，我们很惭愧。因为我们很多知识分子干的不是知识分子的事情，

或为官，或为商，或争名于朝，或争利于市，这是孙犁先生作品中不断批判的。而孙犁先生的一生，干的是知识分子的事情，他不为官，也不为商，然而他不是没有为官的途径和条件。孙犁先生是一个真正的文人。把孙犁先生二十年，实际不止二十年，五十年或者更长，把他的五十年、六十年，一生的作品都展示出来，孙犁先生都可以面不改色，不用脸红，每篇文章包括每封信件都可以和读者见面。现在有多少作家可以把自己所有的作品，更不要说每一封信件，摊出来和读者见面呢？包括所谓的大家。正如孙犁先生在《曲终集》中所说，人生舞台，曲不终，而人已不见；或曲已终，而仍见人。孙犁先生五十年的作品，不仅一直保持着这种创作的势头，而且保持着真正文人的这种态度。所以我说孙犁先生是真正的文人，做的是真正文人的事情，愿意称自己为文人的人，都应该有发自内心的深省。

2002 年 12 月 11 日于北京

美丽的手语

我第一次发现手语竟那么美,是看中国残疾人艺术团的演出。那些聋哑的男孩女孩,站在舞台上,英姿飒爽,是那样漂亮。尽管他们说不出一句话来,那无限丰富的表情与表达,却都倾诉在他们手指间的变化之中。他们的手指带动着整个手臂舞动着,是那样充满韵律。我想起风中的树林,那一排排树木摇曳多姿的枝条,和尽情摇摆着的树叶,只有它们像是他们美丽的手语。

还有就是麦尔民(M. Nermin),一位漂亮的土耳其中年女人。她站在这些可爱的孩子旁边,为孩子们用手语报幕。她的手语,也是那样漂亮,婀娜多姿,灵舞轻扬,和聋哑孩子们相得益彰,像是此起彼伏的浪花,彼此呼应着,富于律动。

那是在伊斯坦布尔。

也许,是我的见识有限,在此之前,我从来没有见过手语竟然也可以这样漂亮迷人,是他们把手语化为了艺术。

第二天晚上演出前,在餐厅里,我意外见到了麦尔民。她端着餐盘正好坐在我的旁边,便聊了起来。我知道了她是土耳其国家电视台（TRT）手语节目的主持人，在土耳其非常有名，类似我们的敬一丹。她告诉我，在9岁之前，她一直以为手语就是人的唯一语言，因为那时在远离伊斯坦布尔的农村，她和她的父母生活在一起，她的父母是聋哑人，她从小向父母学手语，靠手语来和外界联系，并认知世界。中学毕业后，她没有上大学，直接参加了工作，她希望用自己的手语为聋哑人服务。25岁的那一年，她发现电视中没有专门的针对聋哑人的节目。她希望填补这个空白，便给电视台的台长发去一份传真。如我们这里的许多事情一样，渺无回音，但是，她没有灰心，每周准时发去一份传真，一发发了5年，5年始终没有回音。她知道可能是石沉大海，却也相信能够水滴石穿。再发，依然是每周一份传真，一直发到心诚则灵石头开花，一直发到电视台来了一位新台长，为她感动，并同意了她执着的想法。她成为土耳其国家电视台第一位也是唯一的手语节目主持人。

她告诉我她在电视台整整干了10年。她又对我说，在土耳其有300万聋哑人，也就是说不到20人里就有一个是聋哑人。她要做的就是让这个喧嚣的世界不要忘记他们，而给予他们更多的关爱。这时，她的手机响了，接过手机之后，她匆忙地站起身来，对我说，真抱歉，我的妈妈来了，在剧场门口等我。她的妈妈是专门来看今晚的演出的。

我和她一起走出餐厅，急急地向剧场走去。我很想看看她的聋哑妈妈是什么样子的。她远远地就看见了她的妈妈，跑了过去。那是一个慈祥的胖老太太，我想她年轻的时候和女儿现在一样漂亮吧？我站在旁边，看母女俩用手语交谈着，大概是在介绍我，一个不期而遇的中国朋友。在迷离的灯光下，她们的手语像波浪一样起伏着，像树枝一样摇曳着，无声而温馨，真的很美。如果在此之前，说人的手指和手臂也如脸上的笑靥和眼睛里的笑意一样动人，我是不大相信的，但现在我不仅相信了，而且觉得手语真是在丰富着人类的表情与语言，甚至相信，我们现代的舞蹈语汇肯定从手语中汲取过营养，否则它的肢体语言不能够有与聋哑人的手语那样相似的延伸。她说在土耳其有300万聋哑人，我不知道在我们中国有多少聋哑人，我知道我们的聋哑主持人只能在越来越大的电视屏幕上偏于一隅。

最后一场演出结束的时候，我看见麦尔民走下舞台，远远地和台上的聋哑孩子们招手，打着手语，相互致意，迟迟不肯分离。在聋哑人之间，手语成为不用翻译的国际语言，能够迅速地沟通起陌生而遥远的心。虽然，麦尔民和那些聋哑孩子的手语我什么也看不懂，但他们彼此之间却会心会意，即使隔着再远的距离，那美丽的手语也如同轻盈的鸟一样，能够迅速地从那个枝头飞落在这个枝头，衔接起彼此的情意。那是有声的语言无法比拟的。

2003年5月28日于北京

谁打翻了莫奈的调色盘

想念吉维尼已经很久。

吉维尼是一个小村子，那里有莫奈的故居，人们都把它叫吉维尼花园。那是莫奈在 43 岁那年买的一块地，他在那里住了 43 年，住了他人生的整整一半。86 岁那年他在花园里去世，他的墓地就在吉维尼村的教堂边上。

莫奈刚买下吉维尼这块地的时候，他的妻子刚去世不久，那时，他的画卖得并不好，他只是把这块地种成了花园。有意思的是，他的赞助商破产，赞助商的老婆却成为他的续弦。我没有研究过莫奈的生平传记，心里猜想大概她看中了莫奈的才华，对莫奈有底气。果然，莫奈住进吉维尼不久，画一下子卖得好了起来，声名鹊起，财源滚滚。莫奈便又买了花园边上的另一块地，把它改造成了池塘，种了好多的睡莲，建起了那座有名的日本式的太古桥。他还成功地把流经吉维尼村外的塞纳河水引进他的池塘。而这一切需要钱来做支撑。莫奈的吉维尼花园渐渐和他的画一样有名。

再次到达巴黎，当天下午我就驱车去了吉维尼，弥补上次来巴黎没有去成的遗憾。那里距巴黎70多公里，不算远，但已经不属于巴黎的郊区，属于诺曼底。一路树林林深叶茂，浓郁的绿色，将天空都染得清新透明。过塞纳河右岸不远就应该到了，但我们却在乡间小道上迷了路。僻静的乡村，找不到一个人，玫瑰花开得格外鲜艳，樱桃树上的小红果结得那样寂寞。来回跑了好多冤枉路，终于找到莫奈故居的时候，天已近黄昏时间，依然游人如织。窄小的入门处，如一个瓶口，进入里面，立刻轩豁开朗，如潘多拉魔瓶水银泻地一般，展现在眼前的是莫奈的花园，姹紫嫣红，铺铺展展，热闹得像一个花卉市场。据说所有的花都是莫奈亲自从外面买来，品种繁多，色彩缤纷，叫都叫不出名字。其中最引人注目的是花朵硕大的虞美人和鸢尾花，那曾经是莫奈最爱的花。不过说实在的，和我所想象的不大一样，和莫奈画过的花园也不大一样。眼前的花园显得有些杂乱无章，就像并不懂得园艺的一个农人将种子随便那么一撒，任其随风而长，花开得虽然烂漫，却没有什么章法，各种颜色错综一起，像一匹染得串了色的花布。

也许，我对比的是法国的凡尔赛宫、枫丹白露，或舍农索堡的皇家花园，那里的花园整体如同经过了几何圆规和三角板的切割，和裁缝手中胸有成竹的剪裁。而莫奈要的就是这种风一样的自由，田园性格一样随心所欲的疯长。

不过，说实在的，莫奈故居的那座主体建筑二层小楼外墙面涂的是嫩粉颜色，窗户和外走廊栏杆和阶梯涂的都是翠绿的颜色，我可真是觉得有些怯，心想这不该是最懂得并最讲究色彩的莫奈选择的颜色呀。这应该是还没有度过童年的小公主愿意涂抹的颜色，哪里是一个老头子的选择呀？没办法，再伟大的画家也有世俗的一面，面对选择也会有马失前蹄的时候。

小楼里人满为患，几乎到了摩肩接踵的地步。没有想到莫奈故居里居然有这样多的游客，而且日本人非常多，莫非因为在这里有莫奈特从日本买来的许多东西，包括家具和碗碟，墙上挂着不少日本的浮世绘，日本人便千里迢迢来这里对莫奈投桃报李吗？

最漂亮的，要我说，是花园后面的池塘。通往池塘的小径，一边有小溪环绕，一边是树木葱茏，花开得浓烈如同热情好客的向导，一路逶迤引你走去。有几座小桥和花门可以进得池塘，一碧如洗的水上，睡莲的叶子静静躺着，和花园的喧闹有意做了对比似的，让心一下子安静了下来，滤就得澄静透明。还没到睡莲开花的季节，亭亭的叶子，大大小小，圆圆的，如同漂亮的眼睛，紧贴在水面上，又似乎还枕在蒙蒙而湿漉漉的睡梦当中。那座被莫奈不知道画了多少遍的日本太古桥，就在对面的柳枝摇曳掩映中矗立，和莫奈故居窗户和栏杆的颜色一样，也是翠绿色，在这里却格外和谐，有绿树和绿水的呼应和相互映衬，桥的绿色像是彼此亲密无间蹭上去的一样，那样亲切和快乐，那样浑然一体，妙自天成。

我看到过1920年代晚年莫奈在池塘边和太古桥上的照片，对照眼前的池塘和太古桥，没什么变化。这是非常重要的，既然是故居，一切如旧，就是最好，也是最难保持的。在故居的保护方面，做新容易，持旧却难，但唯有持旧，才能够让我们在故居这样特定的环境中，感觉时光倒流，昔日重现，还能有和莫奈在这里邂逅的冲动和错觉。

池塘是莫奈晚年最爱流连的地方，这里的睡莲大概仅次于莫奈的前妻，是莫奈用得比较多的模特，被莫奈一遍遍不厌其烦地画。莫奈爱选择在不同时间坐在池塘边画睡莲，他会比我们所有人更能感受到细微的光线的变化，而这些光线就是莫奈的另一支画笔和另一种色彩，帮助他完成了那一幅幅的睡莲。没有谁能够比莫奈更懂得睡莲了，没有谁能够比莫奈画睡莲画得更好了。只有站在这里，才会明白莫奈对睡莲的感情。我们古代画家讲究梅妻鹤子，即把梅花和仙鹤人化和圣化，当成了自己的妻子和孩子一般。莫奈其实也是把睡莲内化成他的生命一样，睡莲也是他自己身心的一种外化。

记得莫奈的老师欧仁·布丹曾经这样教导过莫奈："当场直接画下来的任何东西，往往有一种你不可能在画室里找到的力量和用笔的生动性。"这个教导对莫奈很重要，令他一生受益。莫奈坚持室外写生，这里的池塘便是他的老师的化身。我们特别愿意把莫奈当成印象派的画家，以为他完全可以靠印象肆意去画，殊不知面对池塘和睡莲，他的写生是如此认真和持久。他并不完全凭仗印象，他同时相信室外写生时的力量和用笔的生动性。而这力量和生动性是池塘和睡莲给予他的，他在大自然的万千变化中找到了艺术鬼斧神工的魅力，找到了属于他自己的神性的睡莲。

环绕池塘漫步了一圈之后，我在想，人的一生真的是充满了偶然性，画家也不例外，如果没有这绣满睡莲的池塘，莫奈可以到别处写生，也可以画别的，但还会有他那一幅幅让他声名大振的睡莲吗？看莫奈的画，画过最多的，也是最好的，还得属睡莲。相同的睡莲，让他画出了千般仪态、万种风情，画出了心，画出了梦，画出了无数精灵，真的是哪个画家都赶不上的。

站在池塘边，想到在巴黎橘园里看到莫奈画的那环绕四面墙的巨幅睡莲，想到在纽约大都会博物馆看到莫奈画的占据了整面墙的长幅睡莲，能够感受到那里的每一朵睡莲都来自这里，这里的池塘成就了莫奈。莫奈和他的睡莲，和这里的池塘，彼此辉映，成就了一个时代的辉煌。

　　造就一个时代的辉煌，需要有理想，需要有才华，更要靠坚持。想想莫奈在吉维尼43年直至离开这个世界，一直坚持画面前的睡莲，不难发现，谁能够坚持这样漫长的岁月，谁才有可能创造属于自己的时代的辉煌。

2009年5月记于巴黎

大自然的情感

可能是虚构越发远离真实，脂粉过重让美人日渐打折，我现在对作家笔下的文字心存怀疑。便自立法门，其中之一，看他们对大自然的态度和描写，来衡量其真伪与深浅。这是一张 pH 试纸，灵验得很。普里什文说过："在大自然中，谁也无法隐藏自己的心迹。"

一直喜欢普里什文。在这个反复无常的时代，没有一个人能够如普里什文倾其一生的情感和笔墨，专注书写大自然。

"我以为是微风过处，一张老树叶抖动了一下，却原来是第一只蝴蝶飞出来了。我以为是自己眼冒金花，却原来是第一朵花开放了。"谁能够有这样的眼睛？"在一支支春水流过的地方，如今是一条条花河。走在这花草似锦的地方，我感到心旷神怡，我想：'这么看来，浑浊的春水没有白流啊！'"谁能够有这样的情感？"春天暖夜河边捕鱼，忽然看见身后站着十几个人，生怕又是偷渔网的，急奔过去，原来是十来株小白桦，夜来穿上春装，人似的站在美丽的夜色中……"谁能够有这样的心思？

普里什文有。这样的眼睛，是大自然的眼睛；这样的情感和心思，和大自然相通。也可以说，这样的眼睛、情感和心思，属于大自然，也属于童话和赤子之心。

我信任的另一位作家是列那尔。源于他曾经这样写过一棵普通的树，他把树枝树叶和树根称为一家人："他们那些修长的枝柯相互抚摸，像盲人一样，以确信大家都在。"就是这一句，让我感动并难忘。他还曾经这样描写一只普通的燕子，他把它看作和自己一样写文章的人："如果你懂得希腊文和拉丁文，而我，我认识烟囱上的燕子在空中写出来的希伯来文。"他以平等的视角和姿态，视树和燕子与人一样。确实，我们不比一棵树和一只燕子高贵和高明，甚至有时还不如。

中国作家里，我信服萧红。她把她家的菜园写活了："花开了，就像花睡醒了似的。鸟飞了，就像鸟上天了似的。虫子叫了，就像虫子在说话似的。一切都活了。都有无限的本领，要做什么，就做什么。要怎么样，就怎么样。都是自由的。倭瓜愿意爬上架就爬上架，愿意爬上房就爬上房。黄瓜愿意开一个谎花，就开一个谎花，愿意结一个黄瓜，就结一个黄瓜。若都不愿意，就是一个黄瓜也不结，一朵花也不开，也没有人问它。玉米愿意长多高就长多高，它若愿意长天上去，也没有人管。蝴蝶随意地飞，一会儿从墙头上飞来一对黄蝴蝶，一会儿又从墙头上飞走了一个白蝴蝶。它们是从谁家来的，又飞到谁家去？太阳也不知道这个。"原因在于那倭瓜也好，黄瓜也好，已经和她命牵一线，情系一心，她写的就是自己。

很多年前，读迟子建的小说《逆行精灵》，里面有一段对雨过天晴后阳光的描写，至今记忆犹新："阳光在森林中高高低低地寻找着栖身之处，落脚于松树上的阳光总是站不稳，因为那些针叶太细小了，因而它们也就把那针叶照得通体透明。"

更多年以前，读苇岸《大地上的事情》，说到他曾经在一次候车的时候看到一只麻雀，发现麻雀并不是平常所说的只会蹦跳，不会迈步，只不过是移动步幅大时蹦跳，步幅小时才迈步。这一发现，让他激动，他说，法布尔经过试验推翻了过去的昆虫学家'蝉没有听觉'的观点，此时他感到他获得了一种法布尔式的喜悦和快感。

如今，谁还会在意落在松树上的阳光，因为松针细小而"站不稳"这样的小事？谁又会为注意到麻雀和其他小鸟一样会迈步，而涌出一种法布尔式的喜悦和快感？观察的细致，来自心地的入微。眼睛视而不见或熟视无睹的粗心麻木，源于心已经粗糙如搓脚石一般千疮百孔了。

去年，读一篇作者叫李娟的文章，名字不大熟悉，文字却打动我。她说花的形状和纹理，"只有小孩子们的心思才能想象得出来，只有他们的小手才画得出。"她说花开成的样子，"一定都有着它自己长时间的并且经历曲折的美好意愿吧？"她说花散发的香气，"多么像一个人能够自信地说出爱情呀！"她还说那些没有花开也没有名字的平凡的植物："哪一株都是不平凡的。它们能向四周抽出枝条，我却不能；它们能结出种子，我却不能；它们的根深入大地，它们的叶子是绿色的，并且能生成各种无可挑剔的轮廓，它们不停地向上生长……所有这些，我都不能……植物的自由让长着双腿的任何一人都自愧不如。"

感动的原因，是她和上述那些值得信赖的作家一样，有这种本事，平心静气，又气定神闲，内心里充满平等，又充满真诚，把大自然中这些最为普通的一切，能够细腻而传神地告诉我。只有他们才有这种本事，信手拈来，又妙手回春一般，将这些气象万千的瞬间捕捉到手，然后定格在大自然的日历上，辉映成意境隽永的诗篇、生命永恒的乐章。

谁能够做到这样？这样对待大地上一朵普通的花、一条普通的河、一棵普通的树，或一只普通的燕子或麻雀？我们会吗？我们可以把花精致地剪成情人节里的礼物，可以在河里捞鱼或游泳，可以到原始森林里去旅游或野炊，可以在落满雪花的大树前拍照片，但我们不会注意到阳光在松针上"站不稳"、麻雀会迈步、燕子会写希伯来文字这样区区小事，更不会面对平凡不知名的植物而心怀自愧之感。

想起英国的作家乔治·吉辛。几乎和这位李娟一样，他也曾经注意并欣赏过平凡的小花和无数不知名的植物，认为那是世界上最美妙的事情。在《四季随笔》一书里，他这样说："世界间还有什么比这更美妙的呢？在阳光普照的春晨，世上有多少人能这样宁静，会心地欣赏天地间的美景呢？每五万人中能否有一人如此呢？"

我是吗？是这每五万中的一个？

2010 年 4 月于北京

读书是一种修合

牛津大学教授约翰·凯里,在他的《阅读的至乐》一书中这样说过:"读书的特别之处在于——书籍这种媒介与电影电视媒介相比,具有不完美的缺陷。电影与电视所传递的图像几乎是完美的,看起来和它要表现的东西没有什么两样。印刷文字则不然,它们只是纸上的黑色标记,必须经过熟练读者的破译才能具有相应的意义。"

我赞同他的说法。电影和电视时代,乃至网络时代的到来,使得农业时代传统的纸面阅读受到了强烈的冲击,约翰·凯里教授所强调的,对于今天我们读书而言,格外具有现实的意义。他其实就是告诉我们,如今的读书已经成为一种能力,只有具备了这种能力,才能读出书本中相应的意义,收获读书的乐趣。这种乐趣和意义,更注重心灵与精神的层面。

只是,我们现在常常容易忽略心灵与精神,反而更加重视获取财富或升迁的能力,阅读的能力越来越被我们忽略,或者仅仅沦为一种应付考试的实用的能力。和前人相比,我们读书的能力,已经大幅度退步,起码难以和我们对致富能力的渴望与热度相比。

但传统的纸面阅读,毕竟有着不可取代的独特魅力。它古典式的宁静,和在白纸黑字之间弥散着的想象空间和慰藉感,是其他任何阅读方式不可比拟的。它起码让我们的情感和心绪以及心灵,有了一个与之呼应而充满着悠扬回声的空间。好书总会给予我们一个与现实相对比和对应的空间。好书总能够让我们仰起头,不再只注意自己鼻尖底下那一点点;让我们重新看一看头顶浩瀚的天空,太阳还在明朗朗地照耀着——只不过太阳和风雨雷电同在,不要只看见了风雨雷电就以为太阳不存在了。

我国是一个拥有热爱读书的传统的国家,读书应该成为我们民族不可或缺的生活内容之一,成为我们所有人感情、思想和精神的一种滋养。

读书确实是需要能力的,这样的能力,谁都需要学习,需要锻炼和培养。而这样的学习、锻炼和培养,首先需要跳出实用主义的泥沼,需要从孩子开始,从青春开始才行。因为读书和种庄稼一样,也是有季节性的,过了这村就没有这店。少年和青春时,是最好的读书季节,最容易感受和吸收,最有利于自身心灵与精神的丰富和成长。我常会想起我小时候到青春时节的读书经历,便会想,如果漫长的岁月里我没有读过这些书,会是什么样的状况?也许,日子照样过,依然活到了今天,但总觉得会缺少了点什么。什么呢?我又说不清了,因为与看得见摸得着的过于实际的相比,它看不见摸不着,又不会那么实际实惠实用。细想一下,大概会少了阅读带给我的那种敏感和善感,以及无穷的快感和乐趣吧?会让我的心粗糙而变成了一块千疮百孔的搓脚石吧?是让我的精神贫瘠而变成荒原一样荒芜了吧?

有这样两句古语我很喜欢,也常以此告诫自己。

一句是放翁的诗:"晨炊躬稼米,夜读世藏书"。它能让我想起我们的先人读书的情景,那时读书只是一种朴素的生存方式,自己一边煮自己躬身稼穑的米粥吃一边读书,而不是现在伴一杯咖啡的时髦或点缀。

一句是明永乐年间开业的老药铺万全堂中的一副抱柱联:"修合无人见,存心有天知。"说的虽是医德,其实也可作读书的座右铭,读书也是一种修合,不是给别人看的,也不是为别人读的,更不是为功名利禄的。读书人的德性,心知书知,天知地知。

2011 年 4 月于北京

冬夜重读史铁生

史铁生是去年年底离开我们的。今年这个时候,我的弟弟离开了我。在这种时候,别的书都看不下去,唯有铁生的书常常忍不住翻看。我是把他们都当作自己的兄弟,十指连心的疼痛,弥漫在纸页间。

在《我与地坛》的开篇中,铁生先是这样写了一段地坛的景物:"四百多年里,它一面剥蚀了古殿檐头浮夸的琉璃,淡褪了门壁上炫耀的朱红,坍圮了一段段高墙又散落了玉砌雕栏,祭坛四周的老柏树愈见苍幽,到处的野草荒藤也都茂盛得自在坦荡。"然后,他紧接着说:"这时候想必我是该来了。"

他来了。他去了,又来了。每一次读到这里,我都格外心动。总觉得像电影一样,在地坛颓败而静谧的空镜头之后,他摇着轮椅出场了。或者,恰如定音鼓响彻在寂静的地坛古园里一样,将悠扬的回音荡漾在我的心里,注定了他与地坛命中契合难舍的关系。当代作家中,哪一位有如此一个和自己撕心裂肺打断了骨头连着筋的特定场景,从而使得一个普通的场景具有了文学和人生超拔的意义,而成为一个独特的意象?就像陆放翁的沈园,就像鲁迅的百草园,就像约翰·列侬的草莓园,就像凡·高的阿尔?

我想起我的弟弟,17岁独自去了青海油田,临终前嘱咐家人一定要把他的骨灰撒回柴达木。我庆幸,他和铁生一样都能魂归其所,而不像我们很多人神无所依。

在史铁生的作品里,母亲是一个最动人和感人的形象。母亲49岁的时候过早地离开了人世后,在《我与地坛》中有这样两段描写:

> 摇着轮椅在园中慢慢走,又是雾罩的清晨,又是骄阳高悬的白昼,我只想着一件事:母亲已经不在了。在老柏树旁停下,在草地上在颓墙边停下,又是处处虫鸣的午后,又是鸟儿归巢的傍晚,我心里只默念着一句话:可是母亲已经不在了。把椅背放倒,躺下,似睡非睡挨到日没,坐起来,心神恍惚,呆呆地直坐到古祭坛上落满黑暗然后再渐渐浮起月光,心里才有点明白:母亲不能再来这园中找我了。

> …………

> 有一年,十月的风又翻动起安详的落叶,我在园中读书,听见两个散步的老人说:"没想到这园子有这么大。"我放下书,想,这么大一座园子,要在其中找到她的儿子,母亲走过了多少焦灼的路。多年来我头一次意识到,这园中不单是处处都有过我的车辙,有过我的车辙的地方也都有过母亲的脚印。

后一段，体现了铁生的心地的敏感，从两个散步老人的一句简单而普通的话语里，涌出对母亲由衷的感恩和悔恨之情。敏感的前提，是善感。也就是说，是海绵才有可能吸附水分，水泥板花岗岩，哪怕是再华丽的水磨石方砖，是无法吸附水分的，而只能让哪怕再晶莹剔透的水珠凭空流逝。缺乏这种善感的心地与真情，使得不少写作成为搭积木和变魔术的技术活儿，或者化装舞会上和领奖席上花红柳绿的邀宠或争宠般的热闹。

前一段，排比句式的景物中几次慨叹"可是母亲已经不在了"都会让我心沉重。在这样重复的喟然长叹中，那些景物：老柏树、草地的颓墙、虫鸣的午后、鸟儿归巢的傍晚、以及古祭坛上的黑暗与月光，才一一都有了意义，这意义便是这一切附着上母亲的身影。因此，可以说，地坛是史铁生的，也是母亲的，这样的一位母亲赋予地坛伤感无奈却又坚韧伟大的别样形象。

每次读到这里，我都会忍不住想起铁生在他的《记忆与印象》中的《一个人形空白》里的一段："我双腿瘫痪后悄悄地学写作，母亲知道了，跟我说，她年轻时的理想也是写作。这样说时，我见她脸上的笑与姥姥当年的一模一样，也是那样惭愧地张望四周，看窗上的夕阳，看院中的老海棠树。但老海棠树已经枯死，枝干上爬满豆蔓，开着单薄的豆花。"

如今，重读这一段，我想起铁生，也想起他的母亲。窗上的夕阳，枯死的老海棠树，老海棠树枝干上爬满的豆蔓，单薄的豆花，便一下子都成为母亲那一刻百感交集又无法诉说的心情与感情的对应物，好像它们就是为了衬托母亲的心情与感情，故意立在院子里，帮助铁生点石成金。这是怎样的一位母亲呀，可以这样说，是母亲的悲惨命运和与生俱来的气质与情怀，造就了作家史铁生。我坚定地认为，没有母亲，便没有史铁生的地坛。

忍不住，也想起我的母亲。母亲走得太早，那一年，我五岁，而弟弟才两岁。穿着孝服，我牵着弟弟的手站在院子里，院子里没有海棠树，没有豆蔓和豆花，只有一株老槐树落满一地槐花如雪。

将生活具象升华为带有哲理性的抽象，是铁生愿意做的，也是铁生作品的魅力，更是他和我们一般写作者的区别。如同真正的大海一步迈过了貌似精致却雕琢的蘑菇泳池，他便从一己的命运步入更为轩豁的世界，而使得他的作品融有了思想的含量，不像我们的一样轻飘飘，甜腻腻，或皮相上花里胡哨。他爱写人间戏剧，而不是像我们那样自恋得只会舔自己的尾巴，弄自己的发型，扭自己的腰身和新书的腰封。

在《想念地坛》这则文章里，铁生想念地坛里的那些老柏树，他从它们"历无数春秋寒暑依旧镇定自若，不为流光掠影所迷"中，将其品质出人意料地抽象为"柔弱"。他进而说："柔弱是爱者的独信。""柔弱，是信者仰慕神恩的心情，静聆神命的姿态。"他说："倘那老柏树无风自摇岂不可怕？要是野草长得比树还高，八成是发生了核泄漏——听说契尔诺贝利附近有这现象。"

由老柏树的"柔弱"，他写到世风的喧嚣，他说："唯柔弱是爱愿的识别，正如放弃是喧嚣的解剂。"之所以由"柔弱"写到"喧嚣"，还是要写地坛，因为地坛曾经可以是销蚀喧嚣回归宁静的一块宝地，一个解剂——"我是说当年的地坛。"他特意补充道。

我不知道弟弟执着地梦回青海的柴达木，能否回到当年他17岁时的柴达木。我只知道他和铁生所说的"柔弱"一样，敏感而坚信唯有那里是"爱愿的识别",是"喧嚣的解剂"。

在《想念地坛》最后,铁生写道:"靠想念去迈过它,只要一迈过它便有清纯之气扑面而来。我已不在地坛,地坛在我",这两句话,特别是最后一句"我已不在地坛,地坛在我",如一支沉稳的铁锚,将地坛如一艘古船一样牢牢停泊在新时期文学的岸边,也将思念深深埋在我的心里。

2011 年岁末于北京

繁华落尽后

    雪后到国家大剧院看话剧《风雪夜归人》，心里充满期待，也担忧。这是一部70年前的老戏，妓女与戏子，中间横插着官僚与小人，老套的情节与人物演绎，特别是妓女玉春这一形象，带有明显的说教色彩和启蒙意味，会不会让今天的人，特别是年轻人感到新意乏陈而有所抵触。

    没有想到，无论表导演还是服装舞美音乐，都被处理得朴素熨帖。其戏的主旨，美与丑，高贵和卑贱，别人手中的玩意儿和不甘当玩意儿的自由解脱，都被提炼得真实，并与现实衔接得可触可摸，足可以触动有心人，让人感慨戏并没有完全过时，而仅仅沦为一则怀旧的老歌，一件可以把玩的带有包浆的古董。

    除了王新贵的表演者有着明显的表演痕迹，魏莲生和苏弘基，乃至李蓉生和马二傻等配角，都表演得很节制，很朴素，一点不张扬。正因为前面的表演不着痕迹，苏弘基最后那一嗓子"玉春儿"，才格外惊心，将那种百感交集的感情以语言的形式表现出来，将话剧艺术的魅力还原于"话"的本身，而不是借用外在形式过于用力的包装。

更为值得一提的是导演任鸣,没有将戏编织成一天云锦般绚烂,而是朴实却针脚细密,剪接得如一套旧戏装,风尘仆仆,汗迹重重,又有水袖轻拂,裙珙叮咚,簪花袭人,暗香浮动。特别是结尾处,戏子莲生倒毙于大雪纷飞之中,天幕中莲生复活,持贯穿前后的那枚道具,一把折扇,一袭红衣,翩翩起舞,与白雪映衬,真的让人感动。只要想一想前两年北京人艺复排曹禺的一出老戏《家》中的相似处理——鸣凤沉水自杀,沿荷花塘反方向以慢动作的舞蹈形式袅袅而去,便可以看出,此次《风雪夜归人》处理得更为节制。新颖的艺术手法的运用,点到为止,一点不造作,和人物与情景融为一体,留有余味,剧终而魂还在,曲终而人不散。

在新时期的话剧舞台上,30余年来,可以看出话剧人不甘心于斯坦尼斯拉夫斯基一统天下,开始有了布莱希特、奥尼尔、荒诞派、现代派,乃至请来阿瑟·米勒现身说法亲自导演。一时间,出现了无场次、间离法、意识流、时空交错、跳进跳出等艺术形式,甚至借用电影大片的制作手法、灯光舞美,和浩浩荡荡农民工上场的原生态,以及全明星走马灯式堂会般的大展览……话剧取得了前所未有的发展,却也如二八月乱穿衣一样,泥沙俱下,甚至唯新是举,有爱看热闹的,有爱演热闹的,有爱导热闹的。在话剧舞台上,所见是做加法的多,做减法的少,便显得越来越花哨,越来越热闹,越来越臃肿。

在乱花渐欲迷人眼之后,重新看到今天《风雪夜归人》这样做减法而干净利落的话剧,不仅可以看出是导演和演员对前辈吴祖光先生的致敬,是对传统现实主义的致敬,同时,也可以看出繁华落尽见真淳,朴素真诚的艺术,自有其独在的魅力。

艺术，从本质而言，应该是朴素的。古老戏剧本身便是诞生在乡间朴素自然的祭祀活动之中。即使到了十六世纪文艺复兴时期莎士比亚时代鼎盛的话剧，大众舞台上依然是极其朴素的，而非浓墨重彩，峨冠博带。十九世纪，辉煌歌剧的创作者意大利的音乐家威尔第，曾经这样说："没有自然性和纯朴素的艺术，不是艺术。从事物的本质来说，灵感产生纯朴。"他是针对当时那些华而不实的意大利歌剧，和当时颇为盛行却是颇为注重外在形式而庞大无比的瓦格纳歌剧。

不知从什么时候开始，我们的话剧变得越来越奢华，舞台上从人物到情节到形式变得越来越臃肿。在影视和多媒体的影响和逼迫之下，我们当然可以借鉴它们的形式，但并不是一定要向它们靠拢，而削足适履，将话剧变成自己手中可以肆意摆弄的魔方，或眼花缭乱的万花筒。

《风雪夜归人》如今朴素的演绎，有种返璞归真的感觉。它让我想起前不久北京舞台上演出的布鲁克的《情人的西装》，一样也是删繁就简，犹如冰冷骨架，朴素而尖锐。或许，这样两出话剧，能够给予中国话剧一点可贵的启示，如同《风雪夜归人》里前后两次有意出现的苏家对联一样，提醒并警醒我们：朴素还是有力量的，这力量来自艺术本身，也来自我们对艺术与现实关系的认知和把握。

2013 年 2 月 1 日于北京

辛辛那提邂逅

到辛辛那提，正好赶上帕蒂·史密斯的展览。这是一个规模极小又很小众的展览，心想去的人不会太多，谁想去了一看，竟然有这么多和我同好，一样期待与这位女摇滚歌手有这样一次难得的邂逅。

展览在辛辛那提当代艺术中心举办，就在市中心，是一个造型很现代的玻璃墙展览馆。但在馆外面没有什么关于帕蒂·史密斯的信息，以为找错地方。四围走了一圈，才在玻璃墙最下面一角发现一张广告，纯白的纸上，只有下方写着一行黑色英文字母——帕蒂·史密斯，再下面是一行更小的黑字——珊瑚海，这是帕蒂·史密斯1996年出版的一本诗集的名字，也是这次展览的主题。黑白相间，倒也符合帕蒂·史密斯的风格。想起她的第一张专辑《马群》封套上的照片，便是上穿白衬衫，一件黑外衣搭在肩膀上，同样选择的是黑白色。

我对帕蒂·史密斯的兴趣，始自十多年前第一次听她唱的《因为这个夜晚》，从1975年出版的第一张唱片《马群》，买到她几乎所有的唱片，觉得她嗓音独特又敏感，情感细腻又奔放不羁，如雷雨前扯动那千疮百孔的风帆猎猎。帕蒂·史密斯的出现，颇有横空出世的感觉，她以女性的视角和女性的意识，以及女性的生命体验，为传统的摇滚注入了新鲜的血液，人们才开始从摇滚中听到女人对这个世界的发言，是那样超尘拔俗，石破天惊。

我喜欢帕蒂·史密斯的另一个重要原因，在于她与众不同的文学素养，同时她还是一个天才的画家，早在年轻时就举办过她的素描展。就文学方面，在摇滚歌手里，我以为除了鲍勃·迪伦，再无人能和她比肩。但若论到绘画方面，鲍勃·迪伦也只能甘拜下风。1977 年，31 岁时她出版了第一部诗集《通天塔》；1999 年，出版了自己的文集，里面收集了她所写的歌词、笔记和思考录。这一年，她还上了《时代周刊》的封面。

三年前我来美国，尽管根本看不懂，还是出于敬意买了她刚刚出版的自传《只是孩子》（*Just Kids*）。当时觉得这个书名真是好，和我们爱说的"赤子之心"的意思相近，却更为平易而真实。可以说，那里有她和她的青春期的恋人、早逝的摄影家罗伯特·梅普尔索普的青春记忆，那时纯真的他们都只是孩子，"小轩愁入丁香结，幽径春生豆蔻梢"，出入在布鲁克林的小巷陋室，追求着他们孩子一般的梦想。

就在这一年，2010 年的年底，她的这本自传获得美国国家图书奖非小说类大奖。虽然如今艺人出书，几近泛滥，但是，在摇滚歌手里，帕蒂·史密斯是一位绝无仅有的真正的作家，绝非玩票，比好多自称纯文学作家的书更值得一读。

走进展览大厅，一楼空荡荡的，只有一面墙上顶天立地画着帕蒂·史密斯大半身像，包围电梯间的三面墙上也画着她的像，都是鲜红的色彩作底，黑色木刻作像，让我以为看见了"文化大革命"中我们的宣传画，真的有些触目惊心，和外面那简洁的黑白风格大相径庭，看不懂是什么意思。倒是电梯间墙上方帕蒂·史密斯像旁有她手写体的一句话——不要相信时髦，或是给予我们的醒目警示？

展览在二楼，幽暗的空间，只有展柜和墙上的照片前有射灯闪烁，其余都是黑色，一下子和一楼拉开了距离，仿佛又回到帕蒂·史密斯《马群》的岁月里。色彩的反差，让人涌出"上穷碧落下黄泉"般坐过山车的感觉。展览很小，展品不多，一面墙上，是一组房间里的床之类的静物照片，不知道是不是罗伯特照的；另一面墙上，则是帕蒂·史密斯诗集《珊瑚海》的手稿，其中有她在诗稿旁边随手画的海的速写，逸笔草草，云淡风轻。在墙的尽头，是一幅帕蒂·史密斯手持花朵的黑白半身像，我在《只是孩子》的书中见过，是罗伯特为她拍摄的。她写这一组《珊瑚海》诗的时候，他已经去世七年了。

仅仅两个玻璃展柜里，展出她各种唱盘和诗集，包括她的自传等书籍。最惹人眼目的是帕蒂·史密斯小时候的一组照片；一张青春恋人的照片，这张照片在《只是孩子》的书中见过，是罗伯特24岁的证件照，摄于纽约42街。从照片看，比帕蒂·史密斯长得英俊潇洒。还有那封帕蒂·史密斯自巴黎写给他的信，在书中也曾见过。只是那一双大码的黑鞋，和她的小山一样积满烟灰缸的烟灰，未曾见过，显得格外突兀。灰白色的烟灰，如燃烧过的生命和走过的岁月的一个隐喻，又像她已经苍老的头发的颜色，不甘心呈最后彻底的苍白。

大厅的中间，摆放着一张破旧的单人床，白色的床单已经变得灰蒙蒙，沉甸甸的样子。我以前看过她专辑里的照片，她就趴在这张破床上写歌写诗看书。记得她曾经说过这样的话："我不认为写作是一种安静壁橱式的行为，我认为写作是真正的体力活。当我在家里写东西时，我会疯狂，我会像猴子一样不停地动，全身的汗水会把自己弄湿。"之前，实在想象不出那是种什么样子，看到这张单人床时，我仿佛看到了她的那种样子，心里涌出酸楚，还有感动。

不过，这种痛苦也带给她快乐，这是我在她的歌和诗中体味出来的。她喜欢兰波、艾伦·金斯伯格和威廉·巴勒斯。她不是那种拿文学来装点门面的人，她是将诗和音乐当成自己生命的人，她说过，在生活中除了音乐就是写诗能给她快乐了。诗和音乐，在她那里被豁然打开，水一样横竖相通，载她泛舟、覆舟，也载她轻舟过万重山。

在展厅的一角，是用透明黑纱围成的帐篷式的空间，从外面可以看见里面朦朦胧胧的光影闪动。走进去看，墙上挂着一道幕布，地上躺着一道幕布，一侧有凳子，坐在那里，眼前和脚下的水一起在动。是黑白电影或录像，是大海的波浪一波波地滚来又滚去。配有画外音，是帕蒂·史密斯的声音，她在用低沉的嗓音读她的诗集《珊瑚海》里的诗。那声音融合着波浪声，给人一种天低云暗雷声隐隐的感觉。那声音，和我时下在电视中听多听滥的各种"好声音"，是那样不同。那是一种只有真正经历过痛苦和艰苦的世事沧桑之后才能够发出的声音。想起她在自传里写过她年轻时和一个大学教授生下了私生子忍痛送人；中年时，丈夫、弟弟、青春恋人，先后去世……她经历了真正悲凉的生离死别，在唱她的歌读她的诗时，才会拥有发自心底的声音。她说过:"痛苦流过我的血液,它们将会被找到。"她所说的"找到",是在她的歌她的诗里找到的,那里有她记忆和生命的回声。

走出展览馆,阳光灿烂,没心没肺地照耀,肆意地在辛辛那提的街头流淌。压抑的感觉一扫而空。市中心的广场上,喷泉女神双手指缝间水花如天花一般从天而落,溅起一片欢笑声。工作人员正在布置广场,今晚将在这里举办露天音乐会。不知道帕蒂·史密斯会不会来,为我们一展歌喉,或和我们擦肩而过?

2013 年 8 月 18 日记于辛辛那提

水　袖

　　水袖是京戏里的一大发明。没有水袖,旦角的表演,发挥的余地,难有如今的天宽地阔。水袖让她们腾云驾雾,让她们裁云剪水,让她们如梦如仙,让她们魂飞魄散。即使我们听不懂京戏里的唱词,但只要有了水袖的尽情飘舞,也会看懂戏的一半,更会是一种艺术的享受。读白居易写的关于唐代歌伎演出的诗句:"有风纵道能回雪,无水何由忽吐莲",写的应该就是那飘舞的水袖,其中的雪和莲都是白色的,在风中起舞,在水中摇曳,不是水袖最形象的代言吗?

　　如果说唱腔是京戏的一件有漂亮纹饰的外衣,是京戏的血肉和情感,水袖则是京戏的魂儿。

　　如果说脸谱是京戏的一种象征,以色彩和造型,让京戏的人物类型化、概括化和抽象化,水袖则是京戏的神来之笔,以有形的舞动和无形的韵律,让京戏更具想象性、艺术性和经典性。

　　很难想象,京戏可以缺少水袖。缺少了水袖的京戏,便是塌了架的房,是拉了秧的瓜,是没有了星光月色和清风花香的夜。

　　京戏少不了水袖,相反,其他剧种里,如果增添了水袖,可以为其锦上添花，使其一下子焕发异彩。看任鸣新导演的话剧《风雪夜归人》，结尾处戏子莲生倒毙于大雪纷飞之中，天幕中莲生复活，一袭红衣，那长长的白色水袖翩翩起舞，真的令人遐思悠悠。那尽情飘舞的水袖，借鉴京戏的艺术手法，点到为止，一点不造作，和人物与情景融为一体，留有无穷的余味，剧终而魂还在，曲终而人不散。

水袖，让从西洋舶来的话剧，有了一种属于中国的别样味道。真的很难想象，如果没有这样的水袖，这出老话剧该怎么收尾？怎样收尾，都赶不上水袖收尾精彩而独到。精彩和独到，要归功于水袖。

京戏里，水袖功最精彩的，要属程砚秋。水袖到了他那里，有了一种出神入化的新境界，有了一种别开生面的新天地，有了一种风生水起的新局面。可以说，他将水袖发挥到了一个极致。其实，程砚秋个头偏高，按理说不适合旦角。他扬长避短的手段之一，便是他的拿手好戏——水袖。在他的打磨下，水袖里有他自己的创新，有他自己的玩意儿。他便如身怀绝技的大侠，可以闯荡京戏江湖，有了安身立命之本。

无论在《春闺梦》里，还是在《锁麟囊》中，程砚秋那飘飘欲仙充满灵性的水袖，总会让人过目难忘。看《春闺梦》，新婚妻子经历了与丈夫的生离死别之后，那哀婉至极的身段梦魇般地摇曳，洁白如雪的水袖断魂似的曼舞，国画里的大写意一样，却将无可言说的悲凉心情诉说得那样淋漓尽致，荡人心魄，充满无限的想象空间。看《锁麟囊》，最后薛湘灵上楼看到了那阔别已久的锁麟囊，那一长段的水袖表演，如此飘逸灵动，真的荡人心魄，构成了全戏表演的华彩乐章，让戏中的人物和情节，不仅是一种叙事策略，而成为艺术内在的因素和血肉，让内容和形式，让人物和演唱，互为表里，融为一体，升华为高峰。

　　前些年到台北，在市中心的捷运站前，看到台湾著名雕塑家杨英风先生的一尊雕塑，题名为《水袖》，不禁想起了程砚秋的水袖。当然，杨英风的《水袖》不是程砚秋的水袖，但要承认京戏里水袖功最有特色最有代表性的是程砚秋。他的水袖翩翩起舞，风情万种，风中或月下的抖动，如仙如禅，变化万千，水一样恣肆，风一样蔓延，如无韵的诗，如流动的画。杨英风的这尊雕塑，肯定有程砚秋水袖的影子，尽管他已经将水袖雕塑得更为抽象化，但那岩石上的褶皱，依然属于水袖，尽管定格在坚硬的石头上，只要有一阵风吹来，它依然可以飞起舞起。

　　水袖和脸谱，几乎可以成为京剧简约的名片。其独特的魅力和价值，不囿于京剧，更蔓延开来成为中华民族历史悠久的传统艺术的一种象征。

　　如果你没有看过京戏，你真的等于没看过中国的艺术；如果你没有看过水袖，你真的等于没看过京戏。

2014 年 3 月 29 日于北京

读书的兴奋点

在读书的时候,每个人的兴奋点是不同的。我的兴奋点在哪里?在细节。我一直这样认为,一篇文章也好,一本书也好,感动我们的其实就是细节。有时候,会发现,比如看一场电影,或者看一出戏,过了一段时间,其中的人物和情节,都淡忘了,但唯独一两个细节,还足以打动我们,让我们难以忘怀。同样,一篇文章也好,一本书也好,所有的人物、情节和思想,都是要依赖于真实生动的细节成立,否则,思想就只是一张苍白的纸,情节只是虚设或雷同的,人物只是一个稻草人。这就像盖房子之前得有砖瓦水泥等基本材料,然后才谈得上房子的大小、式样、风格,乃至最后的完成。这些材料,作者是从哪里得来,又是怎么样运用到文章中的,便是写作的方法。

泰戈尔的《喀布尔人》,写了一位远离家乡的卖货郎,思念小女儿,如何表达这种思念之情呢?仅仅说非常想念,日夜想念,做梦都在想念,行吗?那样,会太空洞,或太一般化。泰戈尔最后依托的是那张印有小女儿小小手印的纸。这张纸一直藏在货郎的身上,即使是坐牢也没有把它弄坏弄丢。文章前面写了卖货郎的很多事情，都像一个跳高运动员从远处开始跑步，是在助跑，是在积蓄力量，是为了这最后的纵身一跃，越过一个高度——在文章中，这高度便是最后展现给读者的这张纸，打动读者，并让这位父亲的思念之情得到了淋漓尽致的宣泄。这张印有女儿小手印的纸，就是细节。

意大利作家皮兰德娄的《西西里柠檬》，是他早期写的一篇短篇小说，写的是一位乡下的小伙子，风尘仆仆地来到城里看望他的恋人，面对的却是已经把他遗忘而移情别恋攀附上富人的姑娘。如何展现这样两个年轻人截然不同的形象呢？靠的是小伙子从家乡带来的西西里柠檬。小伙子离开后，那些柠檬留在了那里，对于小伙子，柠檬含有过去的回忆和情意，他的女朋友该如何面对这些曾经非常熟悉又别有情味的家乡的柠檬？无疑，柠檬成为一种纯朴乡间的象征物，成为感情的象征物，也成为两个人形象的延伸。这些柠檬，就是细节。

意大利还有一位作家，叫贾科莫，他写过一篇《没有见到儿子》，写一位母亲去孤儿院看望儿子，她是因为自己的丈夫死了、生活困苦不得已，才把儿子送进了孤儿院。好长时间没有见到儿子了，她非常想念，虽然很穷，但在去孤儿院的路上，她还是买了三个苹果。谁想到儿子已经死在孤儿院里了。孤儿院的院长不忍心告诉她这个实情，让她下星期一再来。她把这三个苹果放下，让院长转给儿子。小说到这里结束。可以想到，她的儿子无法吃到她买来的这三个苹果了。儿子不在了，三个苹果还在那里，有和无之间的对比，让人心痛。如果没有这三个苹果，该如何写母亲对儿子的思念和失去儿子的悲哀？这三个苹果，就是细节。

老舍的《热包子》，同样写的是一对年轻人，不过不是恋人的关系，而是已经升级为夫妻。小夫妻之间摩擦之后，妻子一气之下，离家出走半年，丈夫盼望着她归来，终于盼到妻子归来的那一刻，他的举动非常特别。他不是像现在我们常看到的电视剧里演的那样，先拉着妻子的手道歉或拥抱煽情，而是立刻先跑出家门，旁人问他这么急忙慌慌干吗去，他先是欢喜地说不出话来，然后趴在人家的耳边说了句："我给她买热包子去。"他把"热"字说得分外真切。而热包子正是妻子平常最爱吃的。买热包子的这个举动，让这个丈夫的憨厚的形象和与妻子阔别重逢的喜悦的心情凸显。这个热包子，就是细节。

孙犁的《红棉袄》，写的是一个16岁的农村姑娘。抗战期间，患有打摆子重病的八路军战士，突然来到她家。这时候，家里只有她一个人，她一个女孩子，该怎么样面对这突然到来的一切，去照顾瑟瑟发抖、不住呻吟、身子缩拢得越来越小的男战士？她是热爱八路军的，面对这样的八路军战士，她一定要表达自己的热爱之情的。该怎么表达呢？孙犁没有写别的，只是着重地写了她脱下自己的新棉袄，在这一天早晨才穿上的崭新的红棉袄，给战士盖上。她用这件看得见的新红棉袄，表达出了看不见的心情和感情。如果没有这件红棉袄，光是说她怎么样烧炕取暖，怎么样烧水做饭，怎么样体贴入微说着关心的话语，还能够如此突出小姑娘的形象吗？这件新的红棉袄，就是细节。

当然，上面举的这几个例子，有手印的纸、柠檬、苹果、热包子、红棉袄，都是具体的东西。这样的细节，在书中表现得最多，也最容易被我们发现。除此之外，还有很多细节的表现方式，需要我们仔细寻找和体会。

张爱玲在《茉莉香片》中,写到一个男大学生坐在公交车上,看到身后站着一个人,手里抱着一大捆杜鹃花,"人倚在窗口,那枝枝丫丫的杜鹃花便伸到后面的一个玻璃窗外,红成一片。"在书中,男大学生和后面即将出场的女大学生才是主角,这个抱杜鹃花的人,只是一个过场人物,但他和他抱的杜鹃花,却是这场戏中必不可少的细节。等女大学生出场了,男大学生讨厌她,不愿意见她,也不愿意和她多说话,终于等到这个女大学生下车了,"前面站着的抱着杜鹃花的人也下去了,窗外少了杜鹃花,只剩下灰色的街。他的脸换了一幅背景,也似乎是黄了,暗了。"看,前后两次出现的杜鹃花,前面是红成一片,后面是黄了暗了,不同的色彩变化,其实是男大学生的心情写照。如果没有杜鹃花,该怎么写?即使写了,也会直白,而少了味道。看,同样也是具体的杜鹃花,但是,它和我前面提到的细节表现形式不一样,前面提到的所有细节,都是和主人公密切相关的,是属于主人公自己的细节,而这里的杜鹃花纯粹属于"节外生枝",属于张爱玲自己的呼之即来挥之即去的,却一样起到了表达心情的重要作用。看似信笔随意,却是精心构制的细节。

再举一个例子。美国作家卡佛,有这样一则小说,题目叫《软座包厢》,写一个父亲乘坐火车去看望八年未见的儿子。八年前,因为儿子,父亲和母亲离婚,当时,在争吵中母亲把碟子一个接一个往地上摔,儿子冲过来,和父亲打起来,父亲把儿子推到墙上,威胁要杀了他。那是父亲最后和他们见面。如今,坐在火车的软座包厢里,想起那可怕的一幕,遥远得像发生在别人身上的事情。他点着一支烟,望着窗外,看到了这样的一个街景:"火车鸣叫着汽笛飞驰过一个路口,拦路杆已经放下了,他看见一个穿着毛衣的年轻妇女,挽着头发,推着自行车,看火车一闪而过。"

就是这样一个场景,火车驰过的一个路口,推自行车的一个女人,和作为主人公的这位父亲,没有一点关系,只不过是一闪而过。可以说没有这个场景,一点不影响小说情节的进展。那么,这个场景,是多余的吗?它能够起到什么样的作用呢?小说紧接着是这样写的:"拍着儿子的肩头,你妈妈还好吗?他可能会这样问儿子,有你妈妈的消息吗?"一下子,从火车驰过的路口,迅速跳跃到这样的描写里。从客观的场景,跳跃到主观的心理;从眼前看到的场景,跳跃到内心的想象之中。其实,在这里卡佛真正要说的是男主人公的微妙心理,对妻子怨恨过后的关心。但他没有这样直接表达,而是借助了这个场景作为跳板起跳。如果没有这块跳板,会显得后面的心理和想象有些突兀,有了这块跳板,就像触景生情,就是意识流,使得后面的描写自然而亲切,让我们容易接受并产生共鸣。

在这里,细节不再是具象的一个物,也可以是一个场景,甚至是一种景色,这样的细节,能够起到同样的作用,甚至比前面所说的那些具象的物所表现的细节,更为新鲜,而亲切自然。

在读书中重视阅读并体味那些表现形式不同却作用相同的细节的目的,是帮助自己在生活中寻找到并能够捕捉到这样的细节。

实际上,在我们的生活中蕴藏着丰富的写作素材,但更重要的是生活中那些生动细致的细节。素材可能是一堆,而细节则只会是那么很小一点或几点而已。可以看到上面我所举的那些例子,都是作者在生活中自己感受到的或发现到的,有了这些细节，文章才会感人。这些细节，既是作者写作的兴奋点，也是读者阅读的兴奋点。

细节虽小，却是文章生命的细胞，缺少了细节的文章，很难写得动人。缺少细节，写的内容再多，堆砌的只是一堆臃肿的素材。缺少细节的书，不是什么值得读的好书。

无论是一本厚厚的书，还是一篇短小的文章，往往都需要生动的细节点燃，才能够迸发璀璨的火花。那些看似微不足道的细节，在文章中却举足轻重。如同泰戈尔所说的：斧头虽小，却能砍断大树。

法国音乐家德彪西的家人在回忆德彪西小时候的一则逸事时说，小时候父母给钱让孩子们买早点，其他孩子都是捡最大的糖果，唯独德彪西捡最小最贵的，他说："大的东西让我恶心。"大了以后，德彪西的音乐之路，依然秉承着对"小"的一以贯之的钟情。尽管德彪西说得有些夸张和极端，但从根本而言，这是一种对生活与艺术的选择和态度。珍惜并书写那些小的东西，正是文学与艺术创作的规律。德彪西说的小的东西，就是细节，就是我们在阅读和写作中最值得寻找的东西。

2016 年春于北京

黄昏跟着父亲一起进来

世上写母亲的文字，远远多于写父亲的。在我所看到的写父亲的文字中，画家夏加尔和女作家安妮·艾诺的，最让我难忘和感动。

夏加尔出生在俄国的维捷布斯克。这是一个只有四万多人口的小镇，四万多人全都是犹太人。夏加尔的父亲是制作咸鱼的工厂的工人。晚年的夏加尔写过一部自传，在这部自传里，他着重用一节写他的父亲，其中有这样一段：

> 瘦高的父亲，穿着因工作而污秽，口袋里有着暗褐色手帕的上衣回家，黄昏总是跟着他一起进来。父亲从口袋里拿出饼干、冻梨等，用布满皱纹的黑色的手分送给我们小孩子。这些点心总比那些装在漂亮盘子端上来的，更让人觉得快乐，更为好吃。我们一口气把它们吃完了。如果有一天晚上，从爸爸的口袋里没有出现饼干或冻梨，我会觉得很难过。只有对我，父亲才是非常亲密的。他有一颗庶民的心，那是诗，是无言的重压的心。

也曾读过别的画家或艺术家回忆自己父亲的文字，夏加尔这一段话，写得很朴素、简洁，却让我看后好久都不忘。他写得真好，他不说黄昏时候父亲走进家门，而是说黄昏总是跟着父亲一起进来，特定的时间里，有了人影出现，有了内心期待的完成，朴素中便含有了感情。如果有一天，没有从父亲的口袋里出现饼干或冻梨，"我"会很难过，设想的如果，让文字倒悬，摇荡出内心的涟漪，让看不见的感情化为了看得见的动作。

父亲的心，是诗，只有夏加尔才会这样形容父亲。他从一位浑身满是咸鱼味道的贫穷的父亲的身上，他从日常最平凡琐碎的黄昏里，看到了一颗含着诗意的心。这样的诗心，不是缠绵流淌在富贵人家的雅致韵脚，而是无言的重压——无言，又重压，是因重压而无言。他捕捉到，他更是感受到，因为他同样拥有一颗诗一样的心。只不过，他用的不再是父亲给予他的饼干或冻梨，而是一支灿烂生花的画笔。他将对父亲的感情画成了一幅幅美丽的画作。他让父亲永远存活在他的画作中。

安妮·艾诺的《位置》，是写父亲在她生命中的位置。这位只是在诺曼底一个小镇上开一家小酒馆的普通父亲，像我们所有底层人的父亲一样，因为贫穷，并没有带来什么好的生活。回忆父亲琐碎的人生时，安妮·艾诺写得很节制，没有我们惯常见到的一般回忆父母时的煽情。

她只是写了父亲说话带有乡下的土话口音，拼写字母常常出错，拿着二等车票却误上了头等车厢，被查票员要求补足票价时被伤自尊；从来没有去过博物馆，却爱看丰满的女人和宏伟的建筑；爱和女客人闲扯时候说些粗俗不堪的笑话；能从叫声分辨出小鸟的种类，从天空的颜色预报出天气的好坏；她请同学来家里做客时，父亲为讨好女儿，对客人的款待如同过节一样，泄露出出身的卑微；和自己的亲戚在一起，喝酒从中午吃到下午三四点，他们边喝边聊战争，聊亲人，几张相片在空杯周围递过来递过去……

一直到父亲临死那天夜里，他摸摸索索地探过来搂她的母亲，那时他已经不会说话了，一个垂危的父亲顽强表现的感情，被她写得无微不至，触动人心。父亲下葬那天，"绳子吊着棺木摇摇晃晃往下沉，这时候，我妈妈突然啜泣起来，就像我婚礼那天。"奇妙地将葬礼同婚礼一起写，写得更是别开生面，令人感动。她以母亲对父亲的感情，衬托出当时自己的不懂事，不理解父亲，也不动声色地道出自己如今对父亲的怀念和愧疚之情。

她写得真好，和夏加尔一样好，非常动人。夏加尔和安妮·艾诺的动人，是那种朴素中的动人，就像亚麻布给人肌肤的感觉，并非丝绸华丽的触感。他们表达对普通父亲的感情，不是用感叹的词汇，不是用惊天动地的事件，甚至也不是用我们常常说的细节，而都是用这些琐碎得不能再琐碎的日常生活，就如同流水账。只不过，他们将父亲一生的流水账，在自己的心底翻开、一遍遍读出的时候，不像读课文时那么做作，更不像讲演时那么虚张声势，也不像和朋友交谈时尽情宣泄。他们像是在喃喃自语，像是对父亲说话，朴素却真挚，唯此，父亲才会感到慰藉，我们才会感动。

葬礼时哭得像婚礼时一样，是表达思父之情的一种音乐。

黄昏总是跟着父亲一起进来，是表达思父之情的一种意象。

2017 年 4 月 28 日于北京

燃烧的蜡烛

疫情暴发后,一直闭门在家,看书成为打发现在的时间、期冀以后的日子最好的法子。断断续续,一直在读《布罗茨基谈话录》和以赛亚·伯林的《个人印象》。两本书中都有关于诗人阿赫玛托娃的篇章,对这位"俄罗斯的月亮",两人在回忆中都充满深厚的感情。

其中,布罗茨基回忆起这样一件事:1965年2月15日,阿赫玛托娃曾经寄给他两支蜡烛。那时候,布罗茨基25岁,阿赫玛托娃对他这样一个年轻诗人非常赏识,一直给予关怀和鼓励。在《个人印象》中记录了阿赫玛托娃和以赛亚·伯林的对话,她说:"我们是以二十世纪的声音说话,这些新的诗人谱写新的篇章。"并说:"他们会让我们这一帮人都黯然失色。"这里所说的"他们"和"这些新的诗人"中,首先包括布罗茨基。这时候的布罗茨基被捕后正被流放,在偏远的荒野之地,接到这样的两支蜡烛,心情可以想象。

更何况这是两支什么样的蜡烛啊,布罗茨基回忆道:这两支蜡烛"来自锡拉库扎,极其美好——它们在西方制造:透明的蜡烛，阿基米德式的……"

我无法想象透明的蜡烛是什么样子的，尤其是燃烧时候通红的火焰升腾在透明的蜡烛上的样子，因为我见过的蜡烛都是白色或红色的，从来没见过透明的。我也不知道阿基米德式的蜡烛是什么样子的，只知道锡拉库扎是意大利西西里岛上的一座古城，来自那里的两支古典式的蜡烛，无疑是珍贵的礼物。对于正在受难的布罗茨基，其珍贵不仅在于感情的古典，同时也在于燃烧的蜡烛给予他光明的希望。

对于没有大规模停电体验的人，如今的蜡烛，只成了婚礼现场和夜餐厅的一种情调的点缀，袅娜摇曳的烛光，美化或幻化着人们似是而非的想象。如果文化意味再浓一点，对于我们中国人，蜡烛有心和竹子有节，分别成为感情和气节的古老的象征；而西窗剪烛，成为一种情感的期冀。

蜡烛，对于俄罗斯人，尤其是在莫斯科和彼得堡的人们而言，曾经是珍贵无比又是痛苦无比的回忆。在第二次世界大战期间，德国法西斯入侵苏联，全城停电的夜晚，萤火般的微光点点闪动着。蜡烛不仅照亮黑暗，也辉映着炮火的闪光，曾经刻印在肖斯塔科维奇的交响乐中和诗人的诗行间，也刻印在那一代俄罗斯人的记忆里。

蜡烛，在阿赫玛托娃那里，也曾经是诗的一种意象。

记得她写过这样的诗行——

> 蜡烛在我的窗台上燃烧，
> 因为悲痛，没有其他理由。

这是只有阿赫玛托娃和布罗茨基那一代人才有的记忆。蜡烛，便不止于诗的意象，而成为生命中的雪泥鸿爪，一个时代的抹不去的印迹。蜡烛无语而沧桑，燃烧着一代人的悲痛，这样的诗，便具有了史诗的意味。

在遥远的流放之地，接到这样两支蜡烛，便和岁月静好的平常日子里，意义不尽相同。莎士比亚有句台词："人变了心，礼物也就变轻了。"同样可以说，世道变了，人心始终如一，礼物也就更显得重了。

于是，时过境迁，这两支蜡烛的细节，晚年的布罗茨基记忆犹新。

往事重忆，旧诗新读，别有一番滋味。尤其在武汉封城一月有余的日子里，读这样的诗句，不由得想起武汉城中那些来自全国的救灾救难于水火之中的医护人员，还有那满城九百多万的普通百姓，特别是那些为救灾而牺牲的医护人员和因病毒入侵而死去的普通人。尽管时代背景完全不同，但在灾难之中，普通百姓所遭受的痛苦是相同的。"因为悲痛，没有其他理由"，真是痛彻心扉，燃烧的蜡烛，便燃烧着我们共同的心。

夜静心不静，写下一首打油诗，以抒读后之感：

> 闭户锁门伤岁华，读诗阿赫玛托娃。
> 春风不解江边疫，冷雨犹开纸上花。
> 樱树花前月空落，安魂曲后夜哀笳。
> 一联蜡烛悲痛在，垂泪替人多少家。

2020 年 3 月 2 日于北京